author ——— シュガースプーン。
illustration ——— なたーしゃ
JN230467
てもない
放後からの
ロー
ライフ？
~引退したはずが成り行きで
美少女ギャルの師匠になったら
なぜかめちゃくちゃ懐かれた~

春《はる》風《かぜ》黎《れい》人《と》
「え？」

「ねえ、おにーさん、ご飯奢って!」
柊《ひいらぎ》火《か》蓮《れん》

「きゃあああ!」

「なるほど！
私が火蓮だから！」

「それじゃ、ちゃんと見とけよ？」

CONTENTS

願ってもない追放後からのスローライフ？
～引退したはずが成り行きで美少女ギャルの師匠になったらなぜかめちゃくちゃ懐かれた～

シュガースプーン。

GA文庫

カバー・口絵　本文イラスト
なたーしゃ

追放

今日は一世一代の大勝負の日である。

高校の時からずっと付き合っている彼女へプロポーズをするためにずっと準備をしてきており、準備の整った今日、サプライズでプロポーズをするために夜景が綺麗《きれい》に見えるレストランに彼女を呼び出した。

将来への心配がないように準備には時間がかかってしまった。

思い返せば辛《つら》いことも色々とあったと、男はこれまでのことを振り返る。

高校一年生からバイトの代わりに冒険者を始め、彼女に出会った後は死に物狂いの努力をして冒険者ランクを上げて将来困らないように稼いできた。

男は、運にも恵まれて他の冒険者よりも成長が早く、順調にランクアップができた。

しかし、ランクが上がって高位のダンジョンへ行けば行くほど、報酬は上がるものの命の危険も増していくのが冒険者という職業である。

他の冒険者は金遣いが荒く、その日暮らしの人間も多い中、男は貯金に力を入れて貯《た》めに貯め、もう働かなくてもいいくらいに財を成し、それを使ってマンションなどの不動産や他にも色々と投資をし、不労所得を得られるようになった。

もう、危険な冒険者という仕事をして早死にしてしまい、相手を悲しませるという心配はない。

新居も買ったし、今日のための指輪の準備もバッチリである。

後はプロポーズの言葉を噛《か》まずに成功させるのみ。

予約した一流ホテルの最上階にある夜景の見える高級レストランに、今日のために新調したオーダーメイドのスーツで向かう。

本当は一緒に来てエスコートをしようと思っていたが、彼女にも予定があるらしく、少し遅れて後から来ると連絡があったので、先に用意された席に座って待つ。

彼女には、事前にドレスコードのあるいいレストランだと伝えてあるし、着るものに困らないようにレンタルドレスも手配した。

もうすぐ現れるであろう彼女のドレス姿を想像すると、男はついつい頬《ほお》が緩んでしまうのを止められなかった。

しばらく待っていると彼女がウェイターに案内されてやって来た。

レンタルで用意されたドレスではなく、自前なのか更に似合っている紫のドレスに身を包み、黒の艶《つや》のあるミニバッグを持っている。

男はその美しい姿についつい見惚《みと》れてしまった。

ドレスコードのあるレストランに呼び出したことで、今日行われる内容を彼女も察したようで、そのために気合いを入れてきてくれたことが嬉《うれ》しかった。

貸し切りにしてあるために周りに他の客はいないが、いればきっと周りも目を奪われた事であろう。

レストランのウェイターが椅子《いす》を引いて彼女に着席を促すが、彼女はそれを無視して席には着かず、男を見下ろしながら言った。

「あんた、こんな所に呼び出してプロポーズでもする気だった？　冗談も程々にしてよ。私があんたなんかと結婚なんてするわけがないじゃない」

「え？」

彼女の言葉に、男のこれまでの笑顔が一転して戸惑いの表情に変わった。

「何ほうけた顔してるのよ。当たり前でしょ？　冒険者なんて安定しない仕事してるあんたと結婚してどうするってのよ？　大学まで出てるのに高校のバイトからでもできる学歴が関係ない力仕事してるし、社会人になって一年経《た》つけど学生の時と同じようなデートコースって、センスないんじゃない？　まあ、今日は無理して頑張ってるみたいだけど」

彼女は呆《あき》れ顔でレストランを見回しながら言葉を続ける。

「確かに学生の時は冒険者やってる彼氏なんてカッコイイと思ったたし、飲食店のバイトより稼げるみたいだからデートも周りの友達よりいい所に行けたけど、社会人になっても同じ所で、いつまで経ってももっといい所には連れて行ってくれないし、どうせランクアップもそんなにしてないんでしょ？　将来性ないの分かりすぎ！　そんな人と結婚するわけないじゃない。それにね、私、この前別の人にプロポーズされちゃったの。デートに誘われるようになって半年くらいなんだけどね、あんたと違って大人のデートよ。毎回いいお店に連れてってくれるわ。冒険者ギルドの職員なの、しかもエリート！　あんたみたいな冒険者と違ってギルド職員は国家公務員で安定してるし、しかも私達の二つ上なのにもう役職付きなのよ。どう見たってあんたなんかよりも将来性あるし、お受けすることにしたの。だから今日はお別れを言いに来たのよ？」

「か、香織《かおり》？」

男は彼女、香織の言いように戸惑った様子で声をかける。

「君、しつこい男は嫌われるよ？」

男の言葉を遮《さえぎ》るようにそう声をかけてきたのはビシッとスーツを着こなしたイケメンであった。

「外で待っていたのだけど中々帰ってきてくれないものでね。心配になって来てしまったよ。レストランの方には申し訳ないことをした。しかし、婚約者《フィアンセ》が元カレに絡《から》まれているかもしれないんだ。仕方のないことだと理解してくれるだろう？」

どうやらレストランの店員の制止を振り切ってきたようで、後ろで店員が申し訳なさそうにしている。

イケメンは申し訳ないと言いつつもそれを気にする様子もなく、席に座っている男をまるでゴミを見るような目で見下ろした。

そして、やれやれといった様子のため息を吐《つ》くと続きを話し始める。

「これ以上、香織が付《つ》き纏《まと》われることがないようにこちらの力を見せておく必要があるね。粗暴な冒険者に大事な婚約者が襲われたらたまらないからね。君、冒険者免許証を出したまえ、今ここで登録を消去する」

香織の椅子を引いた後、空気に溶け込んでいたウェイターが、イケメンの言葉に反応してガタっと音を立てた。しかし、その後一瞬しまったという顔をして直立不動に戻り、再び空気に溶け込んだ。

流石《さすが》高級店のプロはすごいと思う。

「え、いいんですか？」

対して、冒険者免許の取り消しを宣告された男は驚いた様子で冒険者免許証を差し出しながら聞き返した。

「僕にはその権限がある、問題ない！　そのために端末も持って来てある。ほら、よこしたまえ！」

本来、イケメンに与えられているのは引退を申し出た冒険者や違反冒険者についてギルドでの審査の後に登録消去の認証許可を出す権限なのだが、自身の権限を拡大解釈しているイケメンは意にも介さず、男の差し出した冒険者免許証を奪い取ると、記載された名前を確認してそれを端末に差し込み、操作を行う。

そして登録消去の処理が行われ、名前の上に横線の引かれた冒険者免許証を男に向かって放り投げた。

「これで君の冒険者としての権限はなくなった、もう冒険者としての仕事はできない。晴れて、無職だぞ」

「これを機に、貴方も大学まで出てるんだから将来性のある仕事に転職したらいいんじゃない？　その道を作ってくれるなんて彼、優しいでしょ？　まあ、これから頑張ってね」

男を馬鹿《ばか》にしたように笑いながら二人はレストランを出ていった。

ドレスを着た香織の腰に手を回して引き寄せ、仲睦《むつ》まじく去っていく二人は幸せそうである。

「笑ってくれて構わないよ？」

二人が去った後の沈黙を破ったのは空気に溶け込んだウェイターに、男がかけたそんな言葉だった。

「は、春風《はるかぜ》様、よ、よろしかったのですか？」

ウェイターは声をかけられたことで、焦《あせ》って男、春風黎人《れいと》に質問をした。

「ん？　冒険者登録消去のこと？　それは構わないよ。そろそろ引退しようと思ってたのにまだ冒険者をやってくれって引き止められてただけだから丁度よかったさ。それよりもさ、振られちまったよ。笑ってくれ！　ああ！　とりあえず酒だ！　君も一緒に飲もう！　支配人《オーナー》も呼んできて？　せっかく今日は貸し切りにしたんだから、手の空いてる給仕係とかみんなで俺《おれ》のやけ酒に付き合ってよ、全部俺の奢《おご》りだから！」

自嘲気味に、しかしあっけらかんとした様子の黎人に、ウェイターは胸を撫《な》でおろして支配人を呼びに行く。

「春風様、今日はこの店一番のワインを下ろさせていただきます。勿論《もちろん》、これだけは私から奢らせてください」

「そんなのいいのに」

レストランの支配人からの計らいを黎人は苦笑いで受け取った。

そして、その日はレストランが始まって以来の賑《にぎ》やかな日になったのであった。

◇◆◇◆

黎人がプロポーズに失敗した日の翌日、国際冒険者ギルド日本支部では朝からギルドマスター室を訪れる職員がいた。

いつもより音の大きいノックを聞いて、国際冒険者ギルド日本支部ギルドマスターの加藤《かとう》播《ばん》は何かあったのかと考えながら返事をする。

「どうぞ、入ってもらっていいですよ」

播が許可をすると、焦った様子で国際冒険者ギルド日本支部サブマスターの神崎《かんざき》が入室して外に話が漏《も》れないようにしっかりとドアを閉めた。

「ギルドマスター、至急の要件です！　今朝《けさ》、ＳＳＳ冒険者《ゼロ》の冒険者登録が消去されている事が発覚しました。それに伴い日本最強クラン《黄昏《たそがれ》の茶会《ちゃかい》》も解散という扱いになっていると《黄昏の茶会》のメンバーからクレームが上がっています！」

神崎の報告に、播は理解が追いつかなかった。

春風黎人。

通称冒険者《ゼロ》は引退を望んでいたが冒険者ギルドがまだ現役《げんえき》を続けてもらえるようにお願いしており、引退は保留になっていたはずだ。

彼はまだ二十三歳という若さであるし、日本のトップを務める彼に引退されては冒険者、冒険者ギルド共に多くの問題が生じることが目に見えているからだ。

現に彼が辞めたことで日本最強クランが解体されてしまったのも彼以外には《黄昏の茶会》をまとめられる者はいないと言ってクランのサブリーダーがクランリーダー権限の譲渡を拒んでいたからであるし、その他優秀な《黄昏の茶会》の下部クランも彼を慕って集まっているのである。

それだけ、彼には他の追随を許さない実力があった。故に日本で唯一のＳＳＳ冒険者である。

「……神崎君、ゼロの引退を誰《だれ》が許可したか分かりますか？」

少し考えたが、前例のないことにどう対応していいか分からず、播はとりあえずどうしてこのようなことになっているのかを神崎に質問した。

「いえ、現在調べているところです。この案件はサブマスターの案件ですし、ゼロがどうしても引退したいがために他の職員に話を通すような常識のない行動をするとも思えません。何かの間違いであれば良いのですが……」

「そうですね、分かり次第報告をあげてください。その後の対応も慎重に行わなければいけませんから」

播の言葉に、神崎は緊張した顔で礼をするとギルドマスター室を出ていった。

播は、朝からやっていた仕事の手を止め、深いため息を吐きながら背もたれに体を預ける。

「……春風さん、なんでいきなりこんな事になるんですかぁ」

ギルドマスターのそこそこ大きい悲痛の叫びは、完全防音のギルドマスター室の外に漏れることはなかった。

◇◆◇◆

同時刻、冒険者ギルドのレンタル会議室。

そこでは、二十三人の冒険者が集まって円卓を囲んでいた。

緊張感ある雰囲気で向かい合うのは今朝、知らない間に解散になっていた日本最強クラン《黄昏の茶会》のメンバーである。

クランとは、最大二十四人からなる冒険者の集まりであり、冒険者はクランに所属することでそのクランの力に応じた様々な権限が得られる。

どのクランに所属しているかは冒険者免許の情報に登録されており、その冒険者免許証を転移の扉にかざすことで、クラン所有のクランルームへ入室することができる。

しかし、今朝《黄昏の茶会》のメンバーが入室しようとしたがエラーとなって入室することができなかったため、冒険者ギルドに問い合わせた結果、《黄昏の茶会》というクラン自体が解散されていることが分かった。

クランメンバーから連絡を受けた《黄昏の茶会》のサブリーダーである板野奈緒美《いたのなおみ》は冒険者免許証の連絡機能で《黄昏の茶会》のメンバーを招集した後、今分かっていることを説明し終えたところであった。

沈黙を破ったのはアロハシャツに怪しい色付き眼鏡《めがね》の男坂井五郎《ごろう》だ。

「クランが解散されたってことは、黎人は死んだわけやないんやろ?」

いつもは黎人のことをレイ坊と呼び、飄々《ひょうひょう》とした態度の坂井が黎人と呼んだことで、この場の緊張感が分かる。

「ええ。もし黎人君が死んだのなら、解散にならずにサブリーダーの私にリーダー権限は移るはずだわ。解散したってことは黎人君が冒険者を辞めたんだと思うの」

ＳＳＳランク冒険者ゼロことクランリーダーの春風黎人の安否確認から話は始まった。

奈緒美が黎人の生存を肯定したことで会議室の張り詰めていた空気が少しほぐれた。

その後の《黄昏の茶会》をどうするかの話し合いでは、今の《黄昏の茶会》のメンバーは黎人《ゼロ》を中心に集まったメンバーなので、黎人が冒険者を引退したのなら、クランを作り直さずに各々《おのおの》で別の道を進むことに決まった。

ソロの冒険者になる者、別でパーティを組む者、新しくクランを組織する者、これを機会に自分も冒険者の引退を考える者、皆それぞれである。

「しかし、昔から冒険者免許証で連絡取ってるからスマホとかの連絡先交換してなかったのは失敗やったな。レイ坊が何処《どこ》におるか、分かる奴《やつ》はおらんのやろ？　俺らも冒険者免許証以外の連絡先は交換しとかなあかんな」

坂井が今までのまじめな態度とは一転、アロハシャツにサンダルというラフな格好に合った砕けた様子で話した。

「ほんとにね。結婚して冒険者を引退したいって話してたんだから先に聞いておけばよかったわね」

「ええ？　れい君のことが気になってたのに、結婚って聞いてショック受けて聞き忘れたたんじゃなくて？」

奈緒美の言葉に、スレンダーなライダースーツにキツネ目が特徴的な女性のメンバーである芽衣亜《めいあ》・ハワードがクスクスと笑いながら茶化した。

「そんなことありません」と落ち着いた返事を返す奈緒美に「えー、つまんなーい。ほんとは？」とじゃれつくように返してくる芽衣亜の緩い空気感にため息を吐いてあしらいながら、奈緒美はふと思い出したかのように言葉を発する。

「そういえば、下部クラン《星空のレストラン》のクランリーダー《オーナー》にその相談をしてるって言ってたからもしかしたら知ってるかも？　連絡は冒険者免許証で取っていそうだから望み薄かもだけど」

望み薄ではあるものの、《星空のレストラン》に連絡を取る方針でこの日は解散になった。

出会い

春風黎人《はるかぜれいと》はとある公園のベンチで、ペットボトルの水を片手に二日酔いに痛む頭に苛立《いらだ》ちながら、酔い覚ましのカップ麺が出来上がるのを待っていた。

回復魔法で二日酔いを治してもいいのだが、昨日のことを思い出すとそれはそれで落ち込むので、あえて二日酔いに立ち向かうことを選んだのであった。

昨日、ビシッと着こなしていた新しいスーツは、そのまま軽く寝てしまったためにシワが付いており、ネクタイは苦しかったため緩めてしまった少しだらしない格好で三分経《た》って出来上がったカップ麺をすする。

二日酔いの顔に朝の少しひんやりとした風を心地よく感じながら、黎人が何も考えずにぼうっとしていると突然声をかけられた。

「ねえ、おにーさん、ご飯奢《おご》って？」

「え？」

一瞬寝てしまっていたのか、気づけば黎人の目の前には高校生らしき制服を着た金髪の少女が立っていた。

今も昔も変わらない、ギャルっぽく着崩した改造制服の少女は、笑顔でもう一度黎人に話しかけてくる。

「あたし朝ごはん食べてないんだよねー。こんな可愛《かわい》い子が頼んでるんだよ？　ね、奢って？」

「いや、奢りませんけど？」

「しけてんねー。おにーさんってリストラ民？　こんな朝から公園いるし、家に帰れないとか？」

ノリの軽い少女がクスクスと笑いながら質問をしてくる。

黎人はこういうノリには慣れていた。冒険者をやっていればいろんな性格の人間と出会うし、昨日振られた元カノの友達にもこういうギャルが結構いた。

普段であれば関わらないのが吉なのであろうが、少し酒が残っているせいか、黎人は少女の話に付き合うことにした。

「違うわ！　お前こそ学校サボってこんな所で食事をたかるなよ。早く学校行け！　学校！」

黎人の言葉に少女が顔を曇らせた。

「……あたしね、学校辞めたんだ。色々あってさ、あたし、今日か明日に死ぬかもしれないし、誰《だれ》でもいいから少し覚えてくれる人が居たらって声かけてんの！　って、何言ってんだろ、おにーさんが話しやすいからかな？」

そう言ってぎこちなく笑う少女の顔は、食事をたかりに声をかけてきた時の無邪気そうな笑顔とは違う、何処《どこ》かへ消えてしまいそうな笑顔に見えた。

黎人はこの表情をよく知っていた。

切羽詰まった時に見せる空元気《からげんき》。無茶をして死んでいく奴《やつ》の顔だった。

少女のその顔を見て、黎人の口からは自然と言葉が出ていた。

「何があったんだ？　俺《おれ》なんて昨日プロポーズしようとしたら婚約者《フィアンセ》が居るからって振られたところだ！　高校の時から付き合ってたんだけどなぁ……」

ハハハと力のない笑い方で自分の不幸話をする黎人を見て、少女はクスリと笑みを取り戻した。

「何それ、浮気《うわき》されてたの？　だっさーい！　あたしはね、パパとママがあたしを捨ててどっか行っちゃったんだ……学校は知らないうちに退学届けが出されててさ。こんなこと、ダサくて友達にも言えないし、家も解約されてて帰れないし、生きてくためにできることなんて、私には冒険者くらいかな？　だからもしかしたらあたしは、明日にはモンスターのご飯になって死んでるかもしれないんだぁ」

少女の話は、黎人が思っていたよりも、ずっと重たい内容だった。今日、明日死ぬかもしれないというのは言いすぎかもしれないが、親に捨てられたショックで少女が半ば自暴自棄になっているのが分かる。

「冒険者登録の要らないGクラスダンジョンなら死ぬ危険はほとんどないから、そこで自信を付けてから冒険者登録したらいいいと思うぞ。不安なら、ついて行ってやろうか？」

「えー、おにーさんそれってナンパ？　あたし体は売らない主義なの！　だから冒険者くらいしか道がないんだけどね！」

少女くらいの年齢だとアルバイトをするにも親の許可が必要になる。

それさえ要らないのは売春や冒険者だと思っているのだろう。実際には冒険者も未成年なら親の許可は必要だが、抜け道というのが存在する。

「ちげーよ。一応、これでも元冒険者だからな。お前みたいな理由で死んでいった奴を何人も見てる。だから、ここで知らんふりしてお前が死んだら後味が悪いだけさ。まあただの自己満足の偽善者だよ」

「なにそれーかっこつけちゃって！　でも、まあ、お願いしよっかなー。一人で死ぬのは怖いからさ……」

今までも、黎人は手の届く範囲でだが、ダンジョンで無茶をして死にそうになっている冒険者を助けてきた。

冒険者は自己責任。そう言われても、見捨てて放っておけないのが黎人であった。

少女の最後の一言は聞かなかったことにして、黎人はベンチから立ち上がる。

「ほら、行くぞ？　腹減ってたら戦はできないからな、コンビニでクリームパンくらいは奢ってやるぞ？」

「えー、けちー！　てか、なんでクリームパン限定なの？」

黎人が歩き出すと、少女は笑ってついてくる。

黎人は二日酔いを回復魔法で治しながら少女にコンビニでクリームパンを買った後、少女と二人でここから一番近いGクラスダンジョンへ向かうのだった。

◇◆◇◆

ダンジョンを運営する機関は、ランクによってそれぞれ分かれている。
《国際冒険者ギルド》
Sランク以上の国際冒険者資格がないと入れない、難易度の一番高いSクラス、Aクラス上級のダンジョンを管理している機関で、国に家の枠を超えた国際組織。ダンジョンにおいては国よりも大きな権限を有する。
国際冒険者ギルドに所属する職員には国際公務員資格という少し特殊な資格が必要になる。見分け方として支部名に国名が付けられている。
《国家冒険者ギルド》
国によって運営されている冒険者ギルドで、各国によって運営方法が異なる。
主にFからAクラス中級までのダンジョンを管理していて、日本の場合、働くには国家公務員資格が必要になる。

特徴として支部に都道府県+番号の名前が付けられている。

このクラスのダンジョンの入場には冒険者免許が必要になる。

《地方冒険者ギルド》

日本の場合、最低クラスのGクラスのダンジョンを管理するのは地方自治体であるため、名称が分かれている。働いているのは地方公務員である。

特徴として支部に区市町村名がつけられている。

そして先述の二つとは違い、Gクラスダンジョンでは難易度の低さから冒険者免許の必要は無く、入場には年齢確認のみである。

というように冒険者ギルドにはそれぞれ特徴があり、ほとんどのダンジョンへの入場には冒険者免許の取得が必要になる。

この資格を持っている人のことを《冒険者》という。

冒険者免許の取得には、国家冒険者ギルドが月に一度行う通称一発試験と呼ばれる冒険者資格試験に合格する方法と、地方冒険者ギルドのGクラスダンジョンで、ステータス審査と魔石貢献一〇〇〇を達成するという二種類の方法がある。

ここまで厳しく行政が管理するのには理由があった。

一昔前、世界の深刻なエネルギー不足を解決に導いたのが未知の物質《魔石》だった。

物語のように突然世界各地に出現したダンジョン。

人類は、その中に巣くう魔物から取れる魔石を使って、非効率ながら電気を生み出すことに成功した。

当時、深刻な環境汚染によって世界会議で検討されていた、これまでよりも厳しいCO_2の排出制限。

それに伴う各国の火力発電禁止と核取り扱いに関する制限の強化、禁止という困難な課題を解決に導いた革新的な技術であった。

これにより、CO_2削減案が各国で了承される事になる。

しかし、それによって起こったのが領土獲得戦争であった。

第三次世界大戦とも第一次世界混沌《こんとん》戦争とも言われる大戦争である。

魔石の補給源を巡って主要国家五ヶ国が卍巴《まんじどもえ》の大戦争を起こしたのだ。

いや、正確には密入国によるダンジョン攻略と、魔石の密輸出をやり合った結果、国家間の戦争にまで発展した。それほど世界のエネルギー不足は深刻だったのだ。

そして、その戦争は遂にはそれまで名目上封じられていた兵器である核兵器を持ち出すにまで至る。

主要国家五ヶ国の核戦争。

そんな混沌とした戦争に終止符を打ったのもまた、ダンジョンと魔石であった。

戦争に《賢き者達《けんじゃ》》と呼ばれる多国籍の民間団体が参戦したのだ。

《賢き者達》は魔石の奪い合いによって失われる命を嘆いたダンジョン探索者達であった。

《賢き者達》は、魔石から電気出力以外、体内に魔石を取り込んでの身体機能の向上、特殊能力の発現ができる事を発見した団体でもある。

魔石によって得られた特殊能力による核兵器の無力化と兵器を上回る身体能力による戦争への武力介入という力押しではあったが、《賢き者達》は、血で血を洗う混沌とした戦争を終結へと導いた。

しかしそのせいで、戦争終結に伴う国際会議で行われたのは、《賢き者達》を顧問役として世界各国の政界を統合し、ダンジョンを中心とした世界を作るという反発の多い話し合いだった。

反発は多かったが戦争を終わらせた武力に逆らうすべはなく、結果的に今の形に落ち着いて世界は発展してきているのだから、会議は成功だったと言えるのであろう。

そのために行われたのがダンジョンの行政管理という形態であり、それによって《魔石管理法》や《冒険者法》という法律も作られた。

まあ名目上世界統合とは言っているが、各国が国として変わったことはほとんどない。

今までは各国の下に法律があり、それぞれのルールがあり、生活があったところに、無法地帯であったダンジョンに関する事項に限り国の上に国際冒険者ギルドという新しい組織ができただけである。

魔石管理法によって全世界のエネルギーを統制するという、各国の上層部にとってはとんでもない組織なのであるが、一般的な民間人にとってはエネルギー不足にならないように魔石を各国に供給してくれる優良機関なのである。

各国としては他国よりも魔石を所有し、国家間の物事を自国の優位な形で進ませたいという思惑はあったようだが、今では魔石からの効率的なエネルギーの取り出し方や、優秀な冒険者、クランの抱き込みで国家間の力量を競い合っている。

そういう時代背景があって、ダンジョンは行政が管理しているため、どの冒険者ギルドに行っても清潔感ある綺麗《きれい》な建物で丁寧な対応を受け、誰でも冒険者の門を叩《たた》くことができるのである。

しかし、何事にも例外はあるものだ。

黎人が少女を連れてやって来たのは地方冒険者ギルドである。

ここにあるGクラスダンジョンは冒険者資格なしで入れる最下級ダンジョンであるため、冒険者免許のない二人でも入ることができる。

とはいえ入場には手続きが必要である。なので、ダンジョンへ入るために受付にやって来たのだが……。

「あれ？　春風じゃん！」

受付で当たった担当職員が黎人の高校時代の同級生であった。

「聞いたよ、あんた香織《かおり》に振られたんでしょ？　まあ、克樹《かつき》さんの方がいい男だしね、当たり前って言えば当たり前かも」

　この受付、名前は忘れたが香織の友達のギャルだったのは覚えている。

　公務員として働いているため、見た目は当時の派手さが消えて真面目《まじめ》なように見えるが、知り合いとはいえ仕事中に客に対してこの内容の話をするということは中身は変わっていなさそうである。

　それに、昨日の今日で黎人が振られたことまで知っているということは、香織が浮気をしていたことも知っていたのであろう。

「克樹さん紹介したの私《あたし》だし、鼻が高いよね！　香織は美人だし、いい人《ぶっけん》紹介したわ！　それに比べてあんたはなに？　冒険者免許取り消されたんでしょ？　こんなとこ来てないでちゃんとした就職口探したら？　折角ほかの道へ進むチャンスなわけだしさ？　あ、分かった！　またGクラスダンジョンから始めて冒険者免許の再取得しようとかしょうもないこと考えてるんでしょ？　ダッサ！　やめときなよ。一発試験じゃなくて実績からなんて将来の目はないよ？　あ、いーこと考えた！」

　どうやら、浮気のことを知っていただけではなさそうだが、黎人が口を挟む暇もなく、受付の元同級生の話はどんどん進んでいく。

　このダンジョンに入場するには年齢確認のための身分証が必要になる。冒険者免許がなくなった黎人と、初めてダンジョンへ来る少女は確認のために個人カードを提出していたのだが、受付の元同級生は黎人の個人カードを機械に差し込んで、軽快に受付側のキーボードを操作する。そして、これで終わり！　といった風に気持ちのいい音を立てて最後のボタンを弾《はじ》いた。

「これでよし！　あんたがまた冒険者免許を取っちゃわないようにブラックリストに入れといたわ。あんたもちゃんと大学出てるんだしさ、冒険者じゃなくてちゃんとしたとこに就職しなって。高卒の私でもこうやって地方公務員にはなれたわけだしさ。ほら、貴方もよ？　こんなおっさんに引っかかってないでさ、あんたと同じギャルだった私でも今はこうやって落ち着いて公務員っていう安定した仕事に就けたわけ。貴方もそそのかされて冒険者なんて考えずに真面目に勉強でもした方がいいわよ？」

受付の元同級生の黎人に向いていた矛先は隣にいた少女にまで向いた。

黎人がチラッと横目で少女を見ると、手の色が変わるくらいに握りしめている。

これは話を終わらせないといけないな。

黎人がそう思って行動に移そうとした時、受付の元同級生の後ろからい、い、い笑顔の女性が話しかけてきた。

「清水《しーみーずー》さん？　貴方、仕事中になんて話してるの！　ここは私が替わるから貴方は裏で書類整理でもしておいてちょうだい！」

顔は笑っているが内心怒っているのが分かる女性の言葉を聞いて、受付の元同級生は「はい！　行ってきます！」と言葉を残して脱兎《だっと》の如《ごと》く裏へ行ってしまった。

「当ギルドの職員が誠に申し訳ありませんでした。ここからは私《わたくし》が担当させていただきます。猿渡《さるわたり》と申します。本日はどのようなご用件でしょうか？　失礼ながら、先ほど冒険者免許と聞こえてきましたので、それに関することかとは想像できるのですが、もう一度初めからお伺いしてもよろしいでしょうか？」

先程の元同級生とは違い何とも丁寧な対応である。まあ、本来接客業務なので丁寧が当たり前ではあるはずなのだが。

黎人は元同級生に反論するために吸い込んだが行き場をなくした空気をやれやれといった様子で鼻から吐くと、改めて今日来た理由を猿渡さんに説明する。

「俺ではなく、この子が冒険者を目指していまして。俺は元冒険者なのですが、初ダンジョンが怖いらしくてその付き添いです。安全性を重視して実績を積んでから免許を取らせるつもりですので入場許可をいただきたいです。個人カードは既にそちらに提出してあります」

黎人は、さっきのことはもう気にしていないといった様子で猿渡さんに話しながら、まだ下を向いている隣の少女の頭にポンと優しく手を置いた。

いきなり頭に手を置かれたことに驚いたのか、少女は顔を上げて黎人の顔を見る。

黎人は、「しかし、カッコ悪いな俺は。対処しようとしたが言い出す前に目の前の猿渡さんにあっさりと事を終わらされてしまった」と内心自嘲しながらも、少女を安心させるために笑顔を作る。

「ダンジョンの入場でしたか。……はい。個人カードもこちらにございますね。それではお二人の筆跡をいただきます」

そう言って個人カードを確認した猿渡さんは二つのタブレットとペンシルを黎人達に差し出した。

個人カードにはたとえ事件であっても法的な手続きを何ヶ所かで通さなければ確認できないようなプロテクトがかかっている。

見た目で分かるのは表面に書いてある名前だけだ。

本人確認とは筆跡と指紋を読み込み、個人カード内の情報と一致する本人かどうかを機械によって判断するのである。

勿論《もちろん》、照合し終わった後はその筆跡データなどは再利用できないようになっている。

なので黎人と少女はそれぞれ名前を記入した後、タブレットに付いている指紋センサーにランダムに指定される左右の指を五つ順番にかざした。

ピポン！　という音が両方の端末で鳴り、認証が通って本人確認ができた事を知らせてくれる。

「ありがとうございます。春風黎人様と柊《ひいらぎ》火蓮《かれん》様ですね」

黎人は猿渡さんの言葉で少女の名前を知った。少女の名前は火蓮というらしいが、もっと早くに聞いておくべきだったと黎人は苦笑いを浮かべる。

「それでは、入場許可が下りましたのでゲートへ向かっていただいて大丈夫です。武具はどうなさいますか?」

猿渡さんの「どうなさいますか」という質問は武器や防具をレンタルするかということだろう。

ダンジョンへ入るゲートの案内だとか、武具のレンタルの説明だとかを省略してくれているのは黎人が元冒険者で引率することを伝えているからだろう。

猿渡さんは丁寧なだけではなく、融通も利くタイプのようである。

「大丈夫だ、こちらでなんとかする」

「かしこまりました。それでは気をつけて冒険くださいませ」

猿渡さんが頭を下げて話が終わると、黎人は火蓮に声をかけて場所を移動する。

移動した先は更衣室前であった。

黎人は、空間魔法の中から服の中に着るタイプの防具である《インナースーツ》を取り出すと火蓮に渡す。

黎人の、何もないところからインナースーツを取り出す姿に、火蓮は口を開けて驚いていた。

火蓮は魔法という不思議現象に色々と聞きたそうであったが、冒険者のいない地方冒険者ギルドで魔法の話をするのは目立つため、黎人は火蓮に「ダンジョンに入ってから教えてやる」

と言って話を区切り、火蓮に渡したインナースーツに着替えてくるように言うと、自分もインナースーツを着るために男性更衣室へと向かうのであった。

インナースーツは、一旦《いったん》服を脱いで肌着のように着用する防具である。

この時、インナースーツの下には下着は穿《は》いても穿かなくてもどちらでも大丈夫である。

インナースーツを着た後は、インナースーツの手首にある腕時計型のリングのリューズにあたる部分をカチッと押し込む。

すると、誰にでも着られるようにぶかぶかなサイズだったインナースーツは、体にピタッと吸い付き、腕時計型のリング部分を除いて透明化して見えなくなる。そして、本当に着ていないかのように動きを阻害しないのだ。

その後、上から普通に私服を着るのである。

魔物の攻撃を受ければ服がダメになるかと思うだろうが、不思議な魔石技術により、インナースーツの耐久値を超えない限りは服にもダメージはない。

今回、黎人の場合はスーツであるため、スーツを着直した後は、せっかくなので気合いを入れてしっかりとネクタイを締めておくことにする。

黎人が外に出てしばらく待っていると、火蓮が女性更衣室から出てきた。

しかし、黎人が着方の説明をしていなかったために、インナースーツの正しい着方が分からなかったようだ。

高校生らしいと言えばらしいのだが、下にジャージでも穿いているかのようにギャルっぽい短くした制服のスカートからはダボダボのインナースーツが足首まで伸びている。

上半身も羽織っているカーディガンで隠れて見えないが、インナースーツをフィットさせていないので着ぶくれしてしまい、ごわついて膨らんでいる。

女性の着替えは時間がかかるものだと思って気にしていなかったが、あれのせいで着にくくて時間がかかっていたのだろう。

黎人は笑いながら「すまない」と謝ると火蓮の腕時計型部分を操作してインナースーツをフィット、透明化させた。

火蓮は、着ていないかのようになったインナースーツを見回して、ダンジョン技術に「おお！」と驚いた後、着方を教えてもらっていなかったことで晒《さら》してしまった恥ずかしさと怒りが混ざったような物言いたげな複雑な顔をして黎人の方を見る。

しかしここで時間を消費してばかりではもったいないので「全《すべ》てはダンジョンに入場してから聞く」と聞き流してダンジョンへ入るためのゲートへと向かった。

ゲートへ向かう途中、防具を何も身に付けてないように見える黎人と火蓮は、ゴテゴテとしたカーボンプロテクターや軽鎧をつけた他の入場者達にジロジロと見られる。

黎人達の装備するインナースーツは最低価格が五千万円はする最高級防具なので、ここでダンジョン探索する人には縁遠く、見た目は防具を付けていないように見えるので自殺行為と思われているのだろう。

まあ、そんなこと、聞かれなければいちいち言う必要もない。

黎人にとって、面倒見ると決めた子が死なないことが最優先である。

そうして、他の入場者の視線を浴びながら、黎人と火蓮は地方冒険者ギルド葛飾《かつしか》区支部Gランクダンジョン通称《木こりの原っぱ》へと入場した。

初めてのダンジョン

ゲートを潜《くぐ》る。それが冒険者ギルドからダンジョンへの入場方法である。

ダンジョンが初めて現れた昔からどういった理屈でこれが現れたのか、それは未《いま》だに一切《いっさい》分かっていない。

分かっているのはダンジョンがまるで人類に寄り添うようにしてＧクラスから徐々に成長を促すように難易度を上げて順番に発生しているという事である。

そのダンジョンの資源の利用は、電気エネルギーだけにとどまらず、人間の能力や装備、はたまた生活用品に至るまで様々な進化を遂げてきている。

そして、ここ地方冒険者ギルド葛飾《かつしか》区支部にあるダンジョンは、世界に初めて出現した二十八ヶ所のＧクラスダンジョンのうち、日本に現れた最初の三ヶ所のダンジョンのうちの一つである。

ゲートを潜った先に広がる、東京では見られないであろう広い草原を見て、火蓮《かれん》は感動に目を見開いている。

初めてダンジョンに入場した人は現実ではそうそうお目にかかれない幻想的な光景に目を奪われる人が多い。

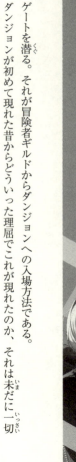

「どうだ、初めてのダンジョンは？」

「……なんか、すごいね」

「語彙《ごい》力が無くなったな。まあ初めてのダンジョンならそんなものだろう。ここはGクラスだし少し先の方まで行かないと、ゲートの周りでは魔物も現れない。だからもうちょっと行ったところで指導を始めようか」

　前を歩く黎人《れいと》にも、後ろをついてくる火蓮の足取りがご機嫌なステップを踏んでいるのが分かる。

　先ほどの公園ではダンジョンに入ることをあれだけ怖がっていたのに、初めて見るダンジョンの景色に相当浮かれているのだろう。

　黎人は、奥へと進む道を少し外れた場所で指導をするために火蓮の方を向いた。

「さて、これからダンジョンでの冒険の基本や戦い方なんかを教えていくわけだが、その前に何か聞きたいことがあるなら聞くぞ？　さっき受付で暗い顔をして何か言いたそうだっただろ？」

　黎人がそう尋ねると、火蓮はこれまで楽しくて忘れていたことを思い出したように表情を曇らせて俯《うつむ》いてしまう。

　これは聞き方を失敗したかと思った黎人が、なんと声をかけようか考えていると、火蓮は自分の考えをまとめたのか意を決した表情で顔を上げて黎人に質問をした。

「ねえ、やっぱり冒険者って負け組なのかな？　公務員みたいな安定した仕事に就くために、奨学金とかもらって新しい学校に通えるように、今からでも頑張って勉強した方がいいのかな？」

火蓮の質問を聞いて、黎人は火蓮が何を不安に思っているのかを理解した。受付で言われたことを気にしてるようだ。

黎人は自分が言い返さなかった事も不安にさせる原因になっているのだろうなと思い、ため息を吐《つ》いて火蓮に語りかける。

「はあ。お前……火蓮って呼んでいいか？　これは俺《おれ》の人生経験からくる持論だけどな、安定ってのは、それほどいいもんでもないぞ？」

黎人の言葉をどんな思いで聞いているのか、火蓮は真剣な眼差《まなざ》しでじっと黎人の顔を見ている。

「例えばさっきの受付の職員だけどな、自慢げに公務員だから安定してるって話してたけどさ、別に公務員だから給料が高いわけでもない。地方公務員のギルド職員だと月収三十万くらいか？　贅沢《ぜいたく》してたらすぐなくなるような金額だ。国家公務員のギルド職員で四十万から五十万、国際までいけば六十万くらいはもらえるらしいが、贅沢三昧できるような金額じゃない。安定ってのはさ、それが毎月決まってもらえるってだけだ。安定ってのは変わらないってことだからな。さっきの受付の職員だと年収三百万ちょっとか？　ボーナスがあればもう少しあるかな？　公務員はめったなことではクビにもならない。だから、お金がもらえなくなることなく、安定した普通の生活が送れる。それがみんなが憧れる安定した職業《公務員》だ」

思っていた公務員像と違うのか、火蓮は目をパチパチとさせながら黎人の話に聞き入っている。

「だけどな、人間ってのは欲深いもんだ。貧乏でその日の生活を心配するのは嫌だ。だから安定した生活が欲しい。安定して、一定のお給料の保証が欲しい。だけど、望んだ安定を手に入れたからと言って、そこで満足できるもんじゃない。もっと良い暮らしがしたい。今の安定ではやりたいことに不安が残る。だから、自分を安心させるために、自分より下の人間を見つけて、お節介を焼いて、自尊心を満たす奴《やつ》なんかもいる。さっきの受付の職員みたいにな。勿論《もちろん》そんな根性の悪い奴ばっかりじゃない。その後担当してくれたギルド職員みたいに性格のいい人もいる。ってかそういう性格のいい人のが多いはずなんだけどな、公務員って。……おっと、話が逸《そ》れたな。だけどな、安定は所詮安定だ。そこで満足してしまったら、そこより上には行けない。さっき安定してないって散々言われた元冒険者の俺に先月入ってきたお金はいくらだと思う？」

黎人の質問に火蓮は悩みながら答える。

「えっと、二十万円くらい？」

「馬鹿《ばか》な！　魔物と戦う危険な職業の冒険者収入がそんなに低いわけないだろう？　そんなこ

としたら誰《だれ》もやりたがらないぞ？　勿論、駆け出しって言われるDランクまでの冒険者ならそのくらいだろう、その分危険が少ないからな。だけど、頑張ってランクを上げればもっと稼げるのが冒険者という職業だ。俺のランクはもっと上、頂点だったから、二十億だ。俺の先月手元に入ってきた金額はな」

二十億という、自分のお給料という概念にない桁《けた》の数字に、火蓮は驚いて大きな口を開けている。

黎人は想定通りの反応をしてくれた火蓮に、心の中で「驚いてる驚いてる」と満足そうに頷《うなず》きながら顔をほころばせた。

「勿論、冒険者は冒険しなけりゃ稼げないからな。怪我《けが》をしてダンジョンへ行けなければ収入はゼロだ。怪我の治療費や食費、家の家賃。なんやかんやとお金を使えば稼いだお金を貯金していても、なくなってしまうかもしれない。月に入ってくる金額も出て行く金額もバラバラで一定じゃないのは安定とは言えない。生活は苦しいかもしれない。だけど、そんな冒険者ばかりじゃない。上に行けば上に行くだけ月の給料が五十万で安定だと言っている公務員を鼻で笑ってやるほどのいい生活ができる！　俺の場合はさらに都内のタワマンのオーナーになったりとか、結婚して引退するために不労所得や資産運用にも力を入れてきた。だから安定した一定の金額じゃないが、公務員の給料よりも果てしなく大きい金額が毎月入ってきてる。どうだ？　馬鹿にされて言い返すのも馬鹿馬鹿しい程の差だろ？　どうせ言っても信じなくて逆にめんどくさい事になりそうだ」

　黎人がそう言って片目を閉じおちゃらけた様子で笑顔を向けるが、火蓮は驚いた表情で固まったままだ。

　黎人の話は、最近まで高校に通っていた火蓮には想像できない額の話だったからだろうか？

「おい、ここは拍手とかするところだろ？」

「驚きすぎて笑えないよ！　え、なに？　悩んでたあたしが馬鹿みたいじゃない！」

「ははは。それに、火蓮がさっき言ってた奨学金ってのは借金のことだぞ？　借金でマイナスがある状態での小額収入の安定ってのは、安定した生活は送れないからな？　あと、冒険者が安定しないって馬鹿にされる理由はな、無茶をして稼いだお金をなくしてしまう人が多いってことだから、無茶はダメってことだ。それはリスクでしかない。火蓮があの受付の職員を鼻で笑えるくらい稼げるように俺がちゃんと面倒を見るから、頑張れよ？」

「わ、分かったわ！　頑張る！」

「なんか、話し方が変だぞ？」

「が、頑張るます」

「いや、緊張とかはしなくていいからな？」

　冒険者の選択肢への不安が取れた後は、冒険者になるためのダンジョンでの戦い方などへの指導へと移るのであった。

◇◆◇◆

ダンジョンの風景を楽しみ、黎人の話を聞いてやる気を出した火蓮への初指導がいよいよ始まる。

インナースーツを着ている火蓮はギャルらしい女子高生の制服姿に、たった今黎人から渡されたシンプルな鉄の片手剣を持ったアンバランスな格好である。

それをいうと黎人もネクタイはしっかり締めているものの、シワのついたスーツ姿で武器さえ持っていないのだから、ダンジョンのファンタジーな光景に対して二人は浮いて見える。

「それじゃ、魔物が出てくるまで周りを警戒しながら進もうか。このダンジョンの魔物は狼《おおかみ》の魔物とかだから怖がることはあまりないぞ」

「え、それって十分怖いんだけど？」

「ははは。まあやってみれば分かるさ。ほら、行くぞ」

黎人のハイキングに行くような気軽な態度に対して、火蓮はおっかなびっくりついて行く。

先程までは大自然広がるファンタジーな光景に楽しそうにしていた火蓮であるが、いざ魔物と戦うぞと言われると、お化け屋敷を進むような、いや、それ以上の緊張感があった。

「お、出て来たぞ！　この辺りは入り口に近いから一匹ずつしか出ないからな。訓練にはちょうどいい」

「ひぇ！　魔物！　どこですか？」

火蓮が黎人の言葉に反応して声を上げた。

その様子に笑いながら黎人が指差す方へ火蓮が視線を向けると、人の腰丈くらいの体高に見える灰色の毛並みをした狼の魔物がこちらを見ていた。

威嚇するように歯を見せる狼の魔物は、見た目は犬に近いとはいえ、流石《さすが》魔物というべきか愛らしさとは程遠い恐怖を感じさせるものがあった。

「Gクラスダンジョンの最初の魔物は動物とほぼ同じだからな。剣で戦えば簡単に倒せる。まずはやってみろ。危なかったらちゃんと助けてやるから」

「え？　本当に、大丈夫？」

黎人に言われて火蓮は不安そうに黎人の方を見る。

「大丈夫だ。まずは魔物と戦えるんだということを自覚するのが大事だ。剣の扱い方は後からちゃんと教えてやる。今はただ、その剣であの狼の魔物を思いっきり殴れ！」

黎人が切れ《きれ》ではなく殴れと言ったのは、今は切るのを意識するよりもただ思い切り殴った方が殺傷能力が強いだろうと判断してのことであった。

黎人に言われて、火蓮はおっかなびっくり狼の魔物へと近づいていく。

火蓮が近づいたことで、狼の魔物の縄張りへ入ったのか、威嚇をやめて火蓮の方へ駆け出した。

「ひぃ！　大丈夫、剣で殴るだけ、剣で……ひゃあ！」

火蓮は迫る狼の魔物の恐怖に負けて足をもつれさせ、尻《しり》もちをついてしまった。

そのタイミングで、狼の魔物は火蓮に飛びかかるように大きく地面から跳んだ。

死んだ。そう火蓮は思った。

しかし火蓮の背後から黒い影が飛び出すと、飛びかかってくる狼の魔物を真っ二つに切り裂いた。

勢いのついた狼の魔物は縦半分に分かれて、火蓮の左右を通り過ぎていく。

「ほらな。危なくなったらちゃんと守ってやるから安心して何度でもチャレンジすればいい。きっかけさえあれば、火蓮もこうやって魔物を倒せるようになるさ」

火蓮は先程よりもどこか優しく、けれど心強く感じられる黎人の声を聞いて、カーディガンの袖《そで》で目を擦《こす》って滲《にじ》んだ景色をクリアに戻した。

ダンジョン内のどこからか降《ふ》り注《そそ》ぐ日差しに照らされ、黒いスーツ姿に先程まで持っていなかった光を吸い込む黒曜石のような剣を持ってこちらへ微笑《ほほえ》む黎人の姿に、今朝《けさ》公園で出会った頃の頼りなさなどなかった。

「あ、ありがと」

「ああ。何度だって助けてやる。火蓮に怪我はさせない。だから、魔物から目を逸らさず、こ

れからのために魔物を倒すことにチャレンジしような」

黎人のその言葉は、火蓮に少しの勇気を与えるには十分なものであった。

とはいえ、その時になれば怖いものは怖い。

何度か魔物に向かって行くものの倒せずにやられそうになる。しかし、その都度黎人がキチンと魔物を倒して助けてくれた。

そして、狼の魔物に飛びかかられることにも段々と慣れてきた火蓮は遂に、恐怖に打ち勝ち、狼の魔物を撲殺することに成功したのである。

「やった……やったよ！　倒せた！」

「やったじゃないか！　よくやった。おめでとう！」

喜びに黎人の方へ嬉《うれ》しそうに振り返った火蓮の頭を、黎人はガシガシと勢いよく撫《な》でた。

「あぅ、これ、場合によってはセクハラですよぅ？」

「あ、そうか。すまないな」

「いえ、あたしは別に気にしませんし、なんか、褒められることなんて今までなかったから、その、嬉しかったのでいいんですけど」

火蓮は、そう言って嬉しそうに笑った。

その後も、何体かの狼の魔物を倒して、魔物を倒すことに慣れていきつつ、火蓮は黎人にゆっくりと剣の扱いを習っていく。

いきなり黎人のように綺麗《きれい》に真っ二つに魔物を切り裂く事などできそうにないが、始めの頃の剣を握っているのに棒で撲殺しているような雰囲気から、段々と剣で戦っている雰囲気へと成長していくのであった。

閑話・捜索

国際冒険者ギルド日本支部サブマスター神崎《かんざき》栞《しおり》は深いため息を吐《つ》いた。

自分の部下にも日常業務があるため、説得中だったはずの冒険者ゼロが今朝《けさ》急に引退した原因を一人で探っている。

しかし、どの時点でゼロの冒険者登録が消去されたかも分からない。

普通に考えたら自分の退勤時間後、人手が少なくなる五時以降だろうとは思うのだ。

しかし、五時から夜間のデータの動きを探しても国際冒険者ギルドで冒険者ゼロ、春風《はるかぜ》黎人《れいと》の冒険者登録の消去が行われた形跡は出てこない。

そもそも、ゼロほどの案件なら国際ギルド日本支部サブマスターである神崎、田中《たなか》、英《はなぶさ》の三人のうちの誰《だれ》かに連絡がないとおかしいのだ。

「神崎サブマスター、原因はまだ分からないかい？」

「ええ。そもそも私達に情報が来ないままゼロの冒険者登録がどうこうなってしまうことがおかしいじゃない？」

神崎は疲れた様子で同僚の英に返事をしてため息を吐いた。

「確かに。春風さんクラスにならなくても、ここ国際冒険者ギルドで活動するほどの冒険者の引退ならサブマスターの僕達に連絡がないのはおかしいからね」

「英サブマスター、《ゼロ》でしょう？　冒険者活動中はその名前で呼ぶようにと厳命されているのだから。有名になってプライベートを害するのが嫌だからと言って……」

「そうだったね。僕は君ほどゼロの案件に関《かか》わってこなかったからついね。《黄昏《たそがれ》の茶会《ちゃかい》》は神崎サブマスターの担当だったから」

神崎の指摘を受けて、英はしまったといった様子で頭を掻《か》く。

「サブマスターがそんなのでは困りますよ？」

「すまないね。しかしここまで何も出てこないとなると……まさか国家冒険者ギルドで？　ゼロはそこまでして引退したかったのか？」

「……その線もありますか？　確かに国家冒険者ギルドとは別組織ですからね。こちらでは詳しい情報が見られませんが……はぁ、明日確認に行ってきます。まだ定時前ですし、東京第一にアポだけ入れましょうか」

「総本部なら国家であろうと地方であろうとダンジョン関連なら全《すべ》ての情報が引き出せるんだろうけど、プライバシーって不便だなぁ」

「こんな案件《トラブル》は普通起こらないんだから、それを考えれば個人情報の保護は大事よ。ま、とりあえず、明日の朝は直接東京第一に向かうわね。進展してないけど今日の進捗具合をギルマスに報告してくるわ」

「はい。お疲れ様」

神崎は軽く伸びをすると英に見送られてギルドマスター室へ向かうのであった。

閑話・幸せの絶頂

　国家冒険者ギルド東京第三支部では一人の男が上司に祝いの言葉をもらっていた。

「相澤《あいざわ》、聞いたぞ！　お前、この前話してた彼女と結婚決めたらしいじゃないか。まず俺《おれ》に報告しろ！」

「すいません！　部長、その節は相談に乗ってもらいありがとうございました。部長のアドバイスのお陰で彼女を落とすことができました！　式の時には乾杯の音頭もよろしくお願いします！」

「ガハハ、怒ってねえよ。めでたいな相澤！　乾杯は任せておけよ！」

　相澤克樹《かつき》。彼は先日狙《ねら》っていた美女に結婚を申し込み、了承してもらい、婚約者《フィアンセ》となった。

　同僚や部下にプロポーズが成功したことを自慢していたのだが、部長に報告する前に聞きつけてきたようだ。

　部長はゴールを決めるための救世主だったため、ちゃんと報告はしないといけないと思っていたが、先に聞いてしまったようである。

　婚約者は部下を通じてその友人が飲み会に連れてきたのだが、ひとめぼれだった。彼女には当時、高校から付き合っている彼氏がいた。

それもあって、初めは「彼氏がいますから二人では……」と言ってやんわりと断られていたのだが、友達関係の紹介だからなのか連絡まで拒絶されることはなかった。

転機となったのは、何回誘ってもいい返事がもらえなかったので、諦めようと考えていた時に、部長の飲みに付き合わされたことであった。

酒の席で、酔った勢いで部長に彼女のことを相談してしまったのだ。

その結果、部長の昔の武勇伝を聞かされてうんざりだったのだが、後日、「欲しい女がいるなら遠慮してはだめだ。強引《ごういん》に、ハンターのように相手から奪わないとな」と言って笑っていた部長のアドバイス通りにあきらめずに強引に、押して、押して、何でもいいので彼女を誘い続けてみたのだ。

すると、彼女の反応が徐々に変わっていって、二人での食事に応じてくれた。

まあ、相談に乗るという名目だったのだが。

話を聞けば、長いこと付き合った彼氏との関係がマンネリ化していて、それに加えてこの先彼氏との将来に不安を感じているらしい。

どうやら、高校や大学を卒業しても学生の時のようなデートばかり。テーマパークや旅行に行ってもいつも同じ宿。食事もいつも焼肉やお寿司などの食べ放題ばかりだったそうだ。

そして、大学を卒業したにもかかわらず定職にもつかない。

それでは、不安になっても仕方がないと思う。

そんな時、気分転換に誘われたのが相澤も参加した飲み会だった。

本当はあの時、部下と飲みに行った店にたまたま部下の友達がいただけなのだが、その後一緒に飲んだのだから飲み会だろう。偶然に感謝である。

話は逸《そ》れたが、飲みに来ていたのと別の友達には、不安があるなら彼にぶつけろとか、ちゃんと彼と将来の話をしろとか色々と言われていたらしいが、それを彼氏に言う前に相澤が押しに押して食事に誘い、不安のある彼よりも安定したエリートの俺に乗り換えろと言って、ついに口説き落とすことに成功した。

聞けば彼氏は冒険者ということであった。

相澤はギルド職員なので冒険者のデメリットは手に取るように分かる。

一握りの例外を除いて冒険者など底辺の仕事だ。冒険者の将来性のなさを彼女にプレゼンし、小金稼ぎの彼氏とは違う、夜景の見えるレストランなど大人なデートを演出した。社会人であるから食事デートばかりであったが、彼氏と比べるには十分だったのだろう。

その甲斐《かい》あって、彼女は相澤の言葉に落ちた。

本気だということを示すために、いきなりプロポーズのゼロ日婚だが、相談と称したデートだけで十分であった。

安定を求めていた彼女は相澤の言葉に頷《うなず》いたのだ。

そして昨日、彼女の高校からの腐れ縁にも終止符を打ってきた。

来週からは彼女の親に挨拶《あいさつ》に行ったり、両家の顔合わせ、二人で結婚式場を決めに行ったりと色々準備が始まる。

幸せの絶頂である！

「部長！　今日は俺が奢《おご》らせてもらいます！　飲みに行きましょう！」

「それじゃあ未来の出世頭に惚気《のろけ》話でも聞かせてもらおうかな！」

今度は自分の武勇伝を披露するため、相澤は部長を飲みに誘うのであった。

初指導

休憩を挟みながら五時間ほど経《た》ち、火蓮《かれん》は一人で二匹の狼《おおかみ》の魔物を同時に相手取っていた。恐怖を克服して狼の魔物を倒せるようになり、黎人《れいと》に武器の扱いの指導を受けながら、反復練習のように実戦を繰り返している。

一匹の狼の魔物では物足りなくなってきたために、狼の魔物が二匹出現する場所へと移動してきた。

ここに来て初めのうちは、一対一と多対一の違いに戸惑い、火蓮は一匹も倒せずにやられそうになっていたのだが、その時は、初めの時のように黎人が助けてくれた。

その時も、ただ助けるのではなく、どうやったら二匹を同時に相手にできるのかを説明しながら黎人は狼の魔物を相手にしていて、火蓮はそれを見て冒険者ってすごいと感想を抱いた。

そうやって二匹を相手にすることに徐々に慣れていった結果、火蓮は今、一人で二匹の狼の魔物を同時に相手できるようになったのであった。

それに、火蓮はダンジョンに入ってすぐの頃よりも、剣を扱う姿が様になっている。

二匹同時に相手にできるようになったのは、それも大きな要因である。武器の扱いが上手《うま》くなれば、少ない手数で相手を倒すことができ、素早く自分の慣れた一対一に持ち込むことができるからだ。

この短時間で魔物と戦う恐怖を克服して、すでに二匹を相手にできている成長の早さに、「火蓮には冒険者としてのセンスがある」、黎人は純粋にそう思っていた。

「原石か……」そう呟《つぶや》いた黎人の目の前で、火蓮は舞うようにして狼の魔物を倒した。

「どう？　今の攻撃！」

火蓮はキラキラした笑顔で黎人に質問をしてくる。

不覚にも黎人は可愛《かわい》いと思ってしまった。

火蓮の顔は整っていて美人なのだ。

いや、しかし春風《はるかぜ》黎人よ、俺《おれ》はロリコンではない！　と黎人は自分を戒める。

そこまで歳《とし》の差はないのだが、高校生に向ける感情ではないと黎人は自分に言い聞かせて返事をする。

「うん。倒せたからいいがな、格好をつけて魔物を倒すのはもうちょっと成長してからにしような。今のは上手く決まっていたが、ミスした時ピンチになるのは自分だ。怪我《けが》の元はなるべく避けた方がいい」

「はーい。気をつけます！」

先程の動きはすごく良かったが、まだ早いと思った黎人は、少しだけ火蓮に釘を刺した。

火蓮も黎人の言葉の意味をちゃんと理解したようである。

「それじゃ、今日はこのくらいにして帰るか。いい時間だし飯へ連れてってやるぞ！　師匠だからな」

「わー！　ありがとうございます、師匠！」

「ただし、ダンジョンを出るまでは気を抜くなよ？」

「はーい！」

周りを警戒しつつも、そんな他愛ない話をしながら二人はダンジョンを出て、成果報告のために受付へと向かった。

「お疲れ様でした。お帰りですか？」

対応してくれたのは入場の時の猿渡《さるわたり》さんとは違う受付の職員であったが、なんのトラブルもなく、スムーズに報告は進む。

「火蓮、成果報告のやり方もちゃんと見とけよ？　すいません、彼女と一緒でお願いします」

「はい。それでは、魔石の申告をお願いします」

「狼の魔物が七十二体です。火蓮、冒険者免許を取ったら冒険者免許証が記録をしてくれるから冒険者免許証を出すだけで倒した魔物の数が提出されるけど、地方冒険者ギルドで冒険者じゃない場合は自己申告制だからこうやって倒した魔物の数を報告しながら魔石を渡す。言っておくが、自己申告だからって魔石をちょろまかすなよ？　脱税とか、後々ややこしくなるからな」

「う、うん。分かった！」

火蓮がしっかり見ているのを確認して、黎人は成果報告を続ける。

「ありがとうございます！　それではこちらに魔石をお願いします！」

黎人は、指定された計測器の上に今日ダンジョンで倒した狼の魔物の魔石を全《すべ》て載せた。

計測器の表示が七十二と表示されて間違いがないのが確認できる。

「確認ありがとうございます！　七十二個確認できました！　全て買い取りでよろしかったですか？」

「いや、持ち帰りで頼む。魔石税の分も別で現金で払う」

「かしこまりました。伝票を作成しますので少しお待ちください」

受付の職員が作業を始めたので、黎人は火蓮の方に向き直るとさっきのやり取りを説明する。

「いいか、魔石は税率四五％だ。魔石を現金に替えるとその分を差し引いた金額をもらうことになる。今日は魔石をそのまま全てもらうことにするから、魔石の税金分のお金を支払うんだ。勿論《もちろん》、税金分の魔石を引いた量の魔石をもらうこともできるぞ！」

「お待たせいたしました。こちらが今回の伝票になりまして、お支払いが千二百円です」

黎人の火蓮への説明が終わると、タイミングよく受付の職員が声をかけてくれた。

黎人は、言われた金額の支払いを済ませると、七十二個の魔石を受け取って受付を後にする。

魔石の金額がすごく安いように思えるが魔石の質によって金額は変わる。Ｇクラスダンジョンなら五時間ダンジョン探索してもこれくらいなのだろう。

黎人が移動する後ろを、火蓮がついてくる。

冒険者ギルドのロビーの端へ移動した後に、黎人は火蓮に本日最後となる指導を行うことにする。

「そしたら火蓮、この魔石を全て吸収してステータスを伸ばそうか」

「え！　吸収？　全部⁉」

目の前の七十二個の魔石を見て、火蓮は戸惑った様子で黎人の方を見た。

初めての火蓮には魔石の吸収の仕方が分からないだろうし、この量の魔石は多く見えるのだろう。

「冒険者を目指すならまずは怪我をしないようにステータスを上げた方がいい。そのために必要なのは魔石の吸収だ。質の悪いGクラスの魔石だからステータスアップは高が知れてるが、積み重ねが大事なんだ。それに、初めての吸収でこの量なら少しは効果が得られるだろうしな。このクラスの魔石を売ってもはした金にしかならないし、もっと上のクラスのダンジョンへ行くまでは、こうして全部吸収した方が効率的だ」

「わ、分かった！」

「それじゃあ魔石の吸収の仕方を教えるぞ」

黎人の説明を受けて、火蓮は全ての魔石を取り込んだ。

本来黎人が倒した魔物の魔石は黎人が吸収すべきだが、ご愛嬌《あいきょう》である。すぐにステータスが上昇した実感はないだろう。体が魔石を吸収するのにも時間がかかる。吸収していくのにも体力を使うし、黎人は今日一日頑張った火蓮へ約束のご褒美へ連れて行くことにする。

「よし、それじゃ汗を流して着替えたら飯だ！　焼肉食べ放題に連れてってやるからなー！」

「焼肉食べ放題！　いいの？」

「強くなるために美味《うま》いもん食わないとな！」

「うん！」

現金なもので、焼肉と聞いて火蓮のテンションは今日一番上がっている。

そして、更衣室でインナースーツを脱いでボディクリーニングをした後、二人は黎人の行きつけの焼肉屋へと向かった。

焼肉屋に着いたあたりから、何故《なぜ》か火蓮は先程までとは違って借りてきた猫のように大人しくなっている。

「どうした火蓮、焼肉食べ放題だぞ？　好きなだけ頼んでいいからな？」

「師匠！」

黎人の言葉に、火蓮は大きな声で黎人を呼んだ。

「ダンジョンの外で師匠はやめろ、恥ずかしい！」

「いいえ師匠！　ここ、焼肉食べ放題じゃないじゃん？　見てよこれ、メニューに値段が載ってないんですけど？　店の雰囲気とかもさ、ここ、絶対に高いところじゃん！」

渡されたメニューを広げて、火蓮は黎人に抗議した。

しかし、黎人は火蓮の言葉をそんなことかと言って笑い飛ばす。

「別に、どれだけ頼んでもお金は払えるんだから食べ放題ってことだろ？　あ、生一つと、いつものユッケにタン五人前、ハラミ七人前。それからカルビ四人前で！　火蓮、ここは予想以上に一人前の量が少ないからな。自分が思ってる二から三倍は頼んどいた方がいいぞ？」

個室の脇《わき》で注文を待っていた店員が、火蓮の反応に苦笑しながら、黎人の注文をメモしていく。

「え、ちょっと待ってください？　えっと、烏龍茶《ウーロン》と、キムチの盛り合わせ、それからカルビ二つとロース一で。後ごは……銀シャリ？　の小」

黎人がサクッと注文したのを見て、店員を待たせないように火蓮も慌てて注文をした。

その注文内容を聞いて、黎人は苦笑いで火蓮に話しかける。

「遠慮してないか？　まあ足りなかったら追加で好きなだけ頼めよ？　魔石の吸収に体力を使うからいつもより食べられるはずだからな」

黎人の言葉を聞いて「なら、こんな高そうなお店に連れて来ないでくださいよ！」と叫びたい火蓮であったが、結局食べ始めたらあまりの美味《うま》さに火蓮の箸は止まることを知らなかった。

追加注文も沢山して、お腹《なか》がいっぱいになってから正気に戻り、しまったと空いた皿を見て思うくらいに火蓮は食べた。

火蓮が遠慮なく追加注文して食べる姿を黎人はニコニコと微笑《ほほえ》ましく見ていた。

その後、席まで店員が持ってきた伝票が挟んであるであろう黒いバインダーを開くことなく、目を通さずにカードでパパッと払ってしまった黎人を見て、火蓮は自分がすごい人を師匠にしてしまったんだと再確認したのであった。

焼肉をご馳走になった後、両親に捨てられて家もなく、行く当てのなかった火蓮は黎人の家でお世話になることになった。

先程の焼肉もそうであったが、ダンジョンで初めに聞いたお給料の話は嘘《うそ》ではないようで、見たこともない広くて豪華な家に案内された。

黎人の家は、東京の一等地に一番高く目立っている最近建ったマンションの最上階で、東京の景色が一望できる部屋だ。

しかも、一般的なマンションとは違ってこの高級マンションの最上階丸ごとワンフロアが黎人の家であった。

まるで海外の映画で見るようなとんでもなく広い大理石の床、普通の家とは違うかっこいい壁、高い天井《てんじょう》、すごくお洒落《しゃれ》な電気、よく分からないけど高そうな調度品や見たことないサイズのテレビ。だんだんと語彙《ごい》力がなくなっていくがそう感じた火蓮は正常である。

火蓮が泊まらせてもらう部屋に来るまでに通ったリビングダイニングだけでそんな感じである。

そして今、火蓮は部屋についての説明を受けているが、ゲストルームにはトイレもシャワールームも備え付けられており、ウォークインクローゼットまでついている。

家なき子の火蓮は、独り立ちできるようになるまでここでお世話になる予定なのだが、普通に暮らすのも、この部屋は贅沢《ぜいたく》すぎだと火蓮には思えた。

火蓮は、黎人が説明を終えて部屋を出て行き一人になった後、ベッドに腰掛けて周りを見渡した。

「この部屋だけでもあたしがパパやママと住んでた家くらい広くない？　ベッドも、こんなに大きいの見たことない」

その呟きも、虚空《こくう》へ消えていき、無音の部屋で一人になったことで、火蓮は昨日と今日で自分に起こったことを色々と考えてしまう。

いや、思い返す余裕ができたのであろう。

――昨日、学校から家に帰ると部屋の中には箪笥《たんす》も何もなく、もぬけの殻だった。

驚いたあたしは慌ててママに電話したけど全然繋《つな》がらない。勿論《もちろん》パパにもかけたがおんなじだった。

アパートの管理人さんが、物音に気づいて様子を見に来てくれて、あたしはパパとママが部屋を退去して出て行ったことを知った。

管理人さんは、あたしがいること、知らされていなかったことにとても驚いていたが、世の中とは無情なもので、親が退去したならば家には住み続けることはできず、鍵《かぎ》は返さなければいけない。

あたしはその日、家族と家を一気に失ったのだった。

でも、現実を受け入れられなかったあたしは、何かの間違いで、少し待っていればパパとママが迎えに来てくれて、多少借金があっても家族三人で今までのように暮らせると、そう信じていた。だから、その日あたしは、財布に入っていたなけなしのお小遣《こづか》いで、人生で初めてカラオケに泊まった。

いつものように学校に行って、学校が終われば、帰りの時間に、パパとママが迎えに来てくれるはず。授業中、電話やメッセージアプリで迎えに行くよって連絡が来るはず。

そんな淡い期待を抱きつつ、カラオケのフリータイムの退室時間の関係もあって、あたしはいつもより早い時間に学校へ向かった。

そうして向かった学校でも、あたしを待っていたのは、ただただ辛《つら》い現実だった。淡い期待は全て幻想だったのだと知った。

ママから、学校へ退学の連絡があり、あたしはもう学校にも通えないのだという。

担任の先生はあたしの状況を心配してくれていたが、その横に居た学年主任の先生はとても事務的で、この学校の生徒でなくなったあたしは、とりつく島もなく学校を追い出された。

何もなくなったあたしが行ったのは、朝の誰《だれ》も居ない公園だった。

そこで、ぐちゃぐちゃな感情を整理しようと頑張った。だけど、それでも整理できない感情が溢《あふ》れて、涙が頰《ほお》を伝うのを止められなかった。

涙が枯れそうになって、頭が、少しずつ物事を考えられるようになった時、あたしはこれからの事、どうすればいいのか。それを、回らない頭で空を見ながらぼんやりと考え始めた。

財布の中身は昨日カラオケに泊まったことで駄菓子さえも買えなくなり、涙で流れた水分を補うために、公園の水道の水を飲んだ。

これから、どう生きていけばいいんだろう？　日本では、未成年は原則親の許可なく働くことはできない。

そんな時、ふと思い出したのは去年の夏休みにダンジョンに行って稼いできたと自分の武勇伝を自慢げに話すクラスの男子だった。

周りの友達に、自慢げに冒険者免許証を見せ、頑張れば普通のバイトよりも稼げると話していた。

魔物と戦って収入を得る。

それが冒険者だというのはなんとなく分かった。

あの男子が言うようにバイトよりも稼げるのだとしても、周りがやらないのは普通のバイトよりも危険が多いからだろう。なにせ、魔物と戦うのだ。

あの男子は運動神経も良くて、活発で、あたしは知らないけど、もしかしたら喧嘩《けんか》とかもしてるのかも知れない。

あたしは女で、人を殴ったことなんて勿論ないし、他の動物や壁でさえ殴った事は無い。

そんなあたしが、魔物と戦う姿なんて想像できない。

もしかしたら、死ぬなんて事も……

そこまで考えて、あたしは血の気が引いた。

でも、今のあたしには冒険者くらいしかできることなんてない。

よくよく考えれば、この時のあたしは自暴自棄になって、考える視野が狭くなっていたのだと思う。

今考えると、あたしは誕生日が来てるから十八歳で成人済みだけど、学生は未成年だという意識だったから、そこまで考える余裕などなかった。

陽《ひ》も高くなり始めた頃、公園に、あたし以外にもう一人、くたびれたようにスーツがヨレヨレで、カップ麺を持ちながら、食べるわけでもなくただぼうっとしている男性が居ることに気づいた。

平日のこの時間に、こんな誰もいない公園でそんなことしているのはリストラにあったのに家族に言えずに時間を潰《つぶ》している人に違いないと思った。

自暴自棄になっていたあたしは勝手にそう決めつけて、その男性に声をかけた。

いつもはそんな軽率なこと絶対にしない。

なんなら、軽い感じの同級生がおじさんに声をかけてお金を稼いだ話が聞こえてきた時に、軽蔑《けいべつ》しているくらいだった。

なのに、今日は自分と同じようにこれからどうしたらいいのか分からない人と話がしたくて、あたしはその人に声をかけた。

――それが、あたしの運命を変えることになった。


朝のことを思い返し、自分でもとんでもない行動をしたなと思いながら、火蓮は制服のネクタイを緩めた。

「暑《あっつ》い……」

魔石を吸収して、焼肉をご馳走になった後くらいから、徐々に体が火照《ほて》ってきている。こうして色々考えてしまうのは、熱のせいかもしれないな。

魔石をたくさん吸収して、ステータスを上げるために体がエネルギーを使っているのだろうか？

「ああ、早くシャワー浴びて寝た方がいいのかも」

火蓮はシャワーを浴びるために、制服のボタンを何個か外しかけ、そこで諦《あきら》めたかのようにパタリとベッドへ倒れ込んだ。

「んんぅ、ちょっと落ち着くまで横にならないとしんどいかも……」

静かなゲストルームに、火蓮の吐息が静かに響いた。

「こうやってステータスが上がれば、あたしも師匠みたいにカッコよく魔物を倒せるようになるのかな?」

火蓮は、目を瞑《つむ》って黎人が狼の魔物を倒す光景を思い出している。

黎人が火蓮の目の前で剣を振るう姿は、まるで物語の主人公のようで、Gクラスダンジョンの魔物とはいえ、簡単に倒してしまう黎人のように、自分もなりたいと思った。

生きるために成り行きで始めることになった冒険者であったが、黎人の話を聞いてダンジョンで一日過ごした今は立派な冒険者になりたいと心から思っている。

「ハハ、あたしってもしかしてチョロい?」

この一日で自分の意識が変わった事に自嘲の言葉が溢《こぼ》れた。

「でも、師匠ってもっとすごい魔物でもバンバン倒しちゃうんだろうな。じゃないとこんな家に住めないだろうし……」

師匠の説明では、Gクラスダンジョンの魔物は魔石を持っただけの動物であるが、それより上、Fクラス以上のダンジョンに出てくる魔物は、創作物に出てくるような正真正銘のモンスターであると言っていた。

「師匠なら、強いダンジョンでドラゴンとか倒したこともあるのかな？」

火蓮は、黎人がどの程度の冒険者であったのかを聞いていない。

熱のせいもあるのか、ただすごい冒険者に違いないと妄想が膨らんでいるだけだ。

しかし、ＳＳＳという日本に一人の冒険者という妄想以上にすごい存在であることは想像できないようであった。

「あたしも、将来はあんなカッコいい剣を持ちたいな」

火蓮が今日使った普通の鉄の剣と違って、黎人の使う黒曜石のような黒い剣は特別な剣のように思えた。

「ああ、少しだけ仮眠しようかな。ちょっと辛いかも……ふふふ」

意識が朦朧《もうろう》としていく中で、先程まで想像していた黎人の姿に自分を重ね合わせ、自分達の何倍もの大きさのドラゴンの魔物を自分と黎人の二人でカッコよく翻弄して倒していく姿を妄想して、笑みが溢れた。

「――――はっ！」

それ程長い時間は経っていないが、少し目を瞑っていたお陰で火蓮は体の火照りがだいぶ引いて、頭が冴《さ》えてきたのを感じた。

そうすると、自分がその間に想像《妄想》していたことを思い出して、引いた火照りを呼び戻したよ

うに顔が熱くなってくる。

「汗もだいぶかいちゃったし、身体も楽になったからシャワーを浴びよう！　うん、そうしよう！」

誰もいないゲストルームで、恥ずかしさのあまり言い訳しながら、火蓮は汗を流すためにシャワールームへ向かった。

◇◆◇◆

朝の日差しを浴びて、寝ぼけ眼《まなこ》のままに目を擦《こす》りながら目覚めた火蓮は、ベッドから降りるとヒタヒタと裸足《はだし》のまま部屋のドアの方へ向かった。

ぐっすり寝たはずなのに、体は少し気怠《けだる》く、頭はモヤがかかったようにぼうっとしている。

まだ夢心地なのか、いつもよりドアが遠く感じる。

やっとたどり着いたドアを開けて、早く学校に行く準備をしなければいけないと思いながら、リビングへ出た。

「火蓮、それは流石《さすが》にだらしなさすぎやしないか？」

「――――へ？」

家族ではない男性の声を聞いて、火蓮の寝ぼけていた頭が急速に覚醒《かくせい》を始めた。

「な、え、し……師匠！」

驚きの声と共に、ほぼ閉じていた瞳《ひとみ》を限界まで見開いた火蓮は、昨日行く当てのなかった自分が師匠である黎人の家に泊まったことを思い出した。

「俺の事はいいから、さっさと前隠しな」

「え？」

火蓮が黎人に言われて自分の姿を確認すると、昨日、クローゼットの中から自由に使っていいと言われてパジャマの代わりに選んだ少し大きめのパーカーは、慣れない高級羽毛布団《ぶとん》が暑かったのかジッパーがギリギリまで下ろされ、男性用だったためにウエストが緩かったズボンはどこかに脱ぎ捨ててきてしまっていた。

寝ぼけていたし、部屋が暖かかったから気にならなかったが、火蓮は今、ほぼ下着姿のような格好である。そういう風に着る服もあるが、それとこれとは訳が違う。

「きゃああ！」

火蓮はパーカーで胸を隠すと、悲鳴をあげてうずくまった。

「ほら、俺はそっち見てないから、早く着替えておいで」

黎人が優しい声で言うが、火蓮はどの男性にも見せたことのない下着姿を見たにもかかわらず、何の動揺もしていないことに少し腹が立った。

「もうすぐ朝ご飯ができるからな」

火蓮は、本当に気にしていなさそうな黎人の後ろ姿を恨めしそうに一睨《にら》みすると部屋に漂う匂《にお》いに違和感を覚えた。

香ばしいを通り越した炭のような香り。

「師匠！　焦《こ》げてませんか？　私が代わりますから師匠は目を瞑っておいてください！」

火蓮はとりあえずパーカーのジッパーを上げると、黎人の立つキッチンへと向かう。

黎人が目を瞑っているのを確認すると「そのまま見ちゃダメですからね！」と念を押して調理を代わった。

火蓮は、黎人が目を開けないように監視しながら、パンツ丸出しで朝食を作る。

「火を使ってる時はよそ見しちゃダメですよ！」

黎人は見ていないが、火蓮の料理する姿は普段外食ばかりの黎人よりも様になっていた。

調理が終わった後、火蓮が着替えてから二人で食べた朝ご飯は、黎人がいつも食べているものとは違って、どこか懐かしいような、家庭の味がした。

初めての買い物

お昼になって、黎人《れいと》と火蓮《かれん》は買い物に出ていた。

火蓮が自立して一人で暮らせるようになるまで、黎人の家に居候することになっている。

昨日は夜寝るだけだったためなんとかなったが、これからしばらく住むとなると、必要な物は沢山ある。

着の身着のままだった火蓮は、今着ている制服しか持っていない状態である。

火蓮はお金のかかることなので遠慮気味だったが、黎人が「弟子なんだから、師匠に甘えるところは甘えていいんだぞ」と言って連れ出したのであった。

とりあえず、ずっと学校の制服では周りからの目も気になるので、服を買うために黎人は家から近い百貨店までやって来た。

そのまま中に入ろうとする黎人を見て、火蓮は慌てて声をかける。

「師匠、まさかここに入る気ですか？」

「そうだけど、何かおかしいか？」

火蓮の言葉の意図が分からず、首を傾《かし》げる黎人を見て、火蓮はため息を吐《つ》いた。

昨日の焼肉の時といい、今回といい、火蓮は、自分の師匠の金銭感覚はぶっ飛んでいるのだ

ということを悟った。

「こんな高いとこで買わなくても大丈夫ですから！」

「そうか？　ここなら知り合いの店が入ってるからいいかと思ったんだけど。いや、ここの店舗はまずいか？」

黎人が何やら考えているようなので、火蓮は代替案を提案することにする。

「師匠、せっかくだから大型ショッピングモールへ行きましょう！　電車で！　私の服なんてそこで大丈夫ですから！」

「そうか？」

火蓮の提案の勢いに負けて、二人は大型ショッピングモールへ行くことになった。

「な、なんで切符は簡単に買えちゃうんですか！」

大型ショッピングモールまでの道中、電車に乗るために普通に切符を買った黎人に、火蓮は文句を言った。

これまでの黎人の行動を見て、黎人ならタクシーばかり使っているはずなので切符の買い方に困っているところを自分が教えてあげようと思っていたのである。

「なんでって、学生の時は普通に乗ってたからな、電車。ほら、早くしないと置いてくぞ？」

「あ、待ってくださいよぅ！　私が案内するんですからぁ！」

券売機から切符を取って、笑いながら先に行く黎人を火蓮は悔しそうに追いかけるのであった。

◇◆◇◆

大型ショッピングモールへ着いた黎人と火蓮は、ファストファッションの店が並ぶエリアへと向かっていた。

その途中で、知っている店を見つけた黎人が火蓮に質問をする。

「なあ、火蓮はあそこのブランドは好きじゃないのか?」

前を歩いていた火蓮は、振り返ると黎人の指差す方を見た。

今向かっているファストファッションの店が並ぶエリアと違って、黎人が指差しているのは高級ブランド店が並んでいるエリアの方である。

「だから、私はそんなに高いのじゃなくてもいいんですってば!」

「いや、好きなのか嫌いなのかを聞いただけなんだけどな?」

黎人の言いように、火蓮は渋々といった様子で黎人が言っている店を確認した。

「twilight.M.A《トワイライト・マリア・アパレル》じゃないですか。いろんなジャンルが揃《そろ》ってますし、可愛《かわい》いのが沢山あるので憧《あこが》れますけど、私みたいな高校生にはファストファッションで十分ですよ。大人になったら、入ってみたいですけどね!」

「なら、あそこに行こう！」

話す時のテンションで、好きなブランドなのだと分かったので、黎人は火蓮の意見を笑い飛ばして、手を引いてtwilight.M.Aの店舗へと向かう。

「師匠、私の話聞いてましたか？」

「ああ。好きなんだろうなってことが分かった。言っただろ？　火蓮は俺《おれ》の弟子なんだから、甘えるときは甘えとけばいいんだよ」

黎人に手を引かれて初めて入る憧れの店に、火蓮は緊張した様子であったが、口角は自然と上がっていた。

twilight.M.Aの店舗へ入ると、女性の店員が丁寧な挨拶《あいさつ》で出迎えてくれた。

「今日は、どういったものをお探しでしょうか？」

初めて入る高級店の雰囲気に、火蓮は不安そうな顔で黎人を見た。

その様子に、黎人は苦笑いで火蓮へアドバイスをする。

「そんなに緊張しなくても、店員さんはプロだから、自分の好きな服のイメージを伝えれば色々と相談に乗ってくれるさ。欲しい服が決まっているならそれを伝えてもいい」

「それじゃ、えっと……」

黎人のアドバイスを聞いて、火蓮は店員と相談を始める。話し出したら、火蓮はファッションのことが好きなのか、店員と盛り上がって服を選び始める。

黎人は店員に火蓮を任せて、自分は別の商品を見て回ることにした。

黎人が一人で見て回っていると、ダンディな男性店員が声をかけてくれた。

「何かお探しのものがありましたか?」

「いや、今日は付き添いでね、他の店舗には行ったことがあるんだが、ここは置いてるものが少し違うんだと思って見てたんだ」

黎人の話を聞いて男性店員はニコリと笑った。

「twilight.M.A は店舗の入っている場所によって置いてある服が少し違います。この店舗ですとショッピングモールの中ですので少しカジュアルなものを多く取り揃えております。お客様のお召しのものですと……おや? twilight.M《トワイライト・マリア》のもののようですが見たことがありませんな。申し訳ありません、勉強不足のようです」

苦笑いで謝った店員に対して黎人は首を横に振った。

「これはオーダーメイドだからな、知らなくても問題ないだろう。それよりもよくここのブランドだって分かったな?」

「襟《えり》にtwilight.M のロゴが入っていますから」

黎人も知らなかったが黎人の服の襟には薄く透けるようなロゴが入れられていた。

「よく気づいたな」

「私どもの誇りですから、見逃すはずありません。しかし、オーダーメイドなどやっていないはずですが？」

「それは秘密だ」

「ホッホ、そうですか」

黎人が口元に人差し指を立てて笑うと、店員はそれ以上聞かなかった。

その後も、黎人が男性店員と談笑していると、火蓮の服選びが終わったようである。

「師匠、ほんとにいいの？」

火蓮も担当してもらった女性の店員と話が弾んだのか、遠慮してたわりには沢山の服を選んでいた。

自分が選んだ服がレジを通るたびに増えていく表示金額に、火蓮は不安そうに黎人に尋ねる。

「何度も言ってるだろ？　弟子なんだから甘えておけばいいんだよ」

火蓮の頭をガシガシと撫《な》でると、黎人にとっては何でもない金額なので、サクッと会計を済ませてしまう。

その後、せっかくなので店で買った服に着替えさせてもらい、店員に見送られて店舗を出る。

憧れていたブランドの新しい服を着た火蓮の顔は今まで見た中で一番の笑顔で、黎人はこの笑顔が見られるなら、払った金額は安いとさえ思えた。

「買い物はこれで終わりじゃないだろ？　次は何買いに行くんだ？」

黎人の言葉を聞いて火蓮は笑顔から一転恥ずかしそうに頬《ほお》を赤く染めた。

「その、次は下着とか恥ずかしいものだから、別行動がいいかも……」

黎人は火蓮に十分すぎるお金を渡すと、遠慮して安いものを選ばずにちゃんとしたものを選ぶように言って送り出した。

その後、先に下着を買いに行った火蓮は、twilight.M.A の支払いで感覚が狂っていたようで、いつもよりいい下着を買ってしまい、お金を払うときに手が震えてしまった。

それを反省して、パジャマはリーズナブルなファストファッションの店で買い、薬局でも冒険せずにいつも使ってるものを買ったのだとか。

トラブル

黎人《れいと》の指導は厳しいものではなく、怪我《けが》のないように火蓮《かれん》の成長に合わせて的確にコントロールされている。

しかしそのせいで、火蓮は自分が成長しているのが感じられないらしく、休日を返上してもっとダンジョンへ行きたいと言っている。

しかし、まずは怪我をしないことが第一であるし、一緒にいる黎人は成長を感じているので今のペースで問題ないと思っていた。

例えば、ここ数日の変化として、火蓮の話し方が少し大人びてきたように感じる。

まあ、本人に言っても首を傾《かし》げているだけであったが。

ダンジョン探索に関しても、多対一の戦い方がうまくなっていて、思考スピードが上がっているのが分かる。今の場所だと黎人が助ける必要がほとんどないのだから。

勿論《もちろん》、今よりダンジョンの深い場所へ行けば、魔物が強くなってくるのでまだまだ手こずるだろうが、それも魔石を吸収してステータスを上げていけば問題なく倒せるようになるだろう。それよりも、上がるステータスに合った体の動かし方を覚える方が大切である。

こうやって、火蓮の実力に合わせてちょうどいい敵を選び、ダンジョンのどこまで深い場所まで行くかを黎人が安全にコントロールしているのも、火蓮が成長を実感しにくい原因の一つなのであろうが。

今も、黎人が見守る中、火蓮が五匹の狼《おおかみ》の魔物を相手にしている。

周りにいる入場者達が「助けなくても大丈夫か」という目で黎人を見てくるが、狼の魔物から一撃ももらうことなく倒してしまった火蓮を見て、恥ずかしそうにそそくさと去っていく。

このGクラスダンジョンに来ているのはほとんどが冒険者ではない、副業代わりに小遣《こづか》い稼ぎをしている一般人である。

火蓮のように冒険者になるために魔石を吸収してステータスを上げている人はほぼいない。冒険者になりたければ一発試験で冒険者免許を取ってしまうのが一般的で、そうすればFクラス以上のダンジョンに入れるようになり、そちらに行った方が稼げる。だから冒険者はそちらに行く。

なので魔石を吸収してステータスが成長している火蓮の方が、心配そうに見ていた入場者よりも強かったため、プライドのせいか、少女と自分を比べられたくなかったのだろう。

火蓮が狼の魔物を倒し終わったところで、キリがいいので今日のダンジョン探索を終了することにして冒険者ギルドまで戻ってきた。

もう火蓮一人でも成果報告はできるだろうが、税金分のお金を払って魔石を持ち帰るため、一応お金を出す黎人が今でも成果報告を行っている。

受付へと向かう間、黎人はいつもとは違う妙な視線を感じた。

インナースーツで防具を付けていないように見えるので、周りからジロジロと見られることには慣れているが、今回の視線は雰囲気が違うように思う。

黎人が視線を感じる方を見ると、大学生くらいのグループが黎人と火蓮を見ながらニヤニヤと笑っていた。

気味の悪い視線ではあるが、こちらに話しかけてはこないため、黎人と火蓮はそのグループを無視して受付へと向かった。

「お疲れ様でした、成果報告ですね。ただ、今回はその前に二点ほど確認をさせていただきたいことがあるのですがよろしいですか？」

「はい、なんでしょうか？」

今日受付を担当していたのは初めてここに来た時に担当してくれた猿渡《さるわたり》さんであった。猿渡さんは事務的に黎人に確認事項の説明をしてくれる。

「まず一つ目ですが、お二人がダンジョンへ入場する際、防具を着けずに入場されている姿を見た他の入場者様や職員から危なくはないのかと不安視する声が上がっています。初回入場時に確認をさせていただきましたし、ダンジョン内でのことは自己責任とはいえ、あまりにも軽装ですとリスクが大きすぎるように感じます。レンタル料はかかりますが、レンタル防具のご利用をお願いしたいと思います」

猿渡さんの説明を聞いた黎人は苦笑いを浮かべた。

火蓮に渡しているインナースーツはかなり高価なもので、このレベルのダンジョンに入場する人間の装備としてはふさわしく無い。

重さも感じないため、変に動きの阻害をせず、防御力は防具よりも高い。そのため、最上位の冒険者達の基本装備として流通しているものである。

ある程度経験を積んだ冒険者なら、一生手は届かないかもしれないが、いつかは装備してみたい憧《あこが》れの装備である。しかし、ここに居るのはそんなことを知らない一般人である。

黎人は、今までこの装備で冒険者として活動してきた経験から、周りの視線を気にしなければいいだけだと思っていたし、火蓮にもそう言っていたが、一般人しかいない故に、不安に思った人がこうしてギルドに通報することまでは考えていなかった。

冒険者ギルドの職員なら気づいてもいいと思うのだが、ここにそんなものを装備する人間はいないと思っているのだろう。

黎人は、大丈夫だと証明するために手首にあるインナースーツの腕時計型の操作デザイスを猿渡さんに見せる。

「分かりにくくて申し訳ない。そのあたりはこれで十分だと思っているのだがどうだろうか？」

猿渡さんは黎人が差し出した手首を不思議そうに見た後、腕時計型の操作デバイスが何なのかを理解したようで、目を見開いて数秒固まった。

「も、申し訳ありません！　まさかこのギルドに来られる方でインナースーツを着用されている方がいらっしゃるとは思ってもいませんでした。インナースーツをご着用でしたらなんの問題もありません。職員に周知し、他の入場者様から不安の声が上がりましたらその都度職員より入場者様への説明も徹底させていただきます！　……しかし、そうなると二つ目の確認事項も杞憂《きゆう》になるでしょうね。でも、一応確認をさせていただきますね」

猿渡さんは取り繕ってはいるが、インナースーツを見た衝撃が抜けないようで、ぎこちない笑顔で二つ目の確認事項について話し始める。

「一部の入場者様から春風《はるかぜ》様が柊《ひいらぎ》様に防具の装備もさせずにダンジョンへと入場し、柊様に全ての魔物を倒させ、魔石を巻き上げ、搾取しているという悪質行為の報告がされておりまして。そのため、一方の意見だけでなく、事実確認のためにお話を聞くことになっていたのですが、その装備を与えられているのを見ると、この話は杞憂《きゆう》かと思いますが、一応柊様に確認をさせていただきます。柊様、春風様にご不満はございますでしょうか？　労力、報酬の配分への不満。また、パーティへ不満がありましたら冒険者ギルドから他パーティへの移籍をサポートさせていただくことも可能です。一応、柊様を自分達のパーティで面倒みたいという申し出が一件あるみたいですね」

最後の一文を猿渡さんは困ったような表情を浮かべながら言った。

そんなことはどうでもよく、黎人にかけられた疑いを聞いて、火蓮が慌てて否定をする。

「そんなことは絶対にありません！　ダンジョン内で師匠は丁寧に指導をしてくれてますし、私が早く冒険者として自立できるように手に入れた魔石は全《すべ》て吸収させてもらってます！その上今は衣食住まで面倒を見てもらってる身です。これ以上の好条件はないでしょうし、私はこれからも師匠の指導で冒険者になるために成長したいと思っています！」

興奮気味に話す火蓮の様子を見て、猿渡さんはクスリと笑った。

「ふふ、そうみたいですね。まさか魔石を全て柊様が吸収していたとは思いませんでした。Gクラスダンジョンで魔石を吸収される方はほとんどいませんので、現金の分配をされてないのを見て不遇だと思ったのかもしれません。こちらも、ギルド側で通達しておきます」

猿渡さんはそう言って申し訳なさそうに眉尻《まゆじり》を下げた。

話を聞いた感じで、悪質行為だと報告してきた奴《やつ》らの目的が分かってしまう。

既に火蓮をパーティに誘う申請が出されている事から火蓮が目的なのだろう。

先ほどこちらを見ていた大学生くらいのグループの仕業だと思う。だからニヤニヤとこちらを見ていたのだ。

しかし、本気で黎人が悪質行為を行っていると思っていたとして、火蓮を救う王子様にでもなったつもりだろうか？　にしては下心丸出しで……とにかく、迷惑な話である。

さっきコチラを見ていた感じだと、この後絡《から》まれるんだろうか？

そうなる前に、冒険者ギルドが動いてくれるんだろうか？

それとも、絡まれてから冒険者ギルドは動くのだろうか？

どちらにしても、めんどくさいことになりそうであるので、そうならないように早めに通達してくれるように猿渡さんにお願いすると、猿渡さんは苦笑いで他の職員に話をしていた。

黎人は何も起こらないでほしいと願いながら、成果報告を終える。

その後は、火蓮が魔石を吸収するためにいつものようにロビーの端に移動する。

しかし、予想通りではあるが、その予想よりもずいぶん早く、ロビーの真ん中辺りで先ほどこちらを見ていた大学生くらいのグループが、黎人と火蓮の行く先を塞《ふさ》ぐようにして声をかけて来た。

「おいおいおっさん、注意を受けたんならちゃんと言うこと聞けよ！　早くその子を解放してやりなって」

黎人は、せめて受付でどういう結果になったのかを確認してから行動に移せと呆《あき》れてため息が出た。

リーダーの男のニヤニヤとした顔は、善意よりも下心の方が透けて見えている。

「いきなりその言い方は失礼じゃないか？　俺《おれ》はまだ二十四で、君達におっさんと呼ばれる歳《とし》じゃないと思うけど？」

黎人の後ろで、火蓮が堪《こら》え切れなくなったのかプッと息を噴き出したのが聞こえる。

黎人は大学を卒業してまだ一年だ。そんなに年齢差はないだろうからおっさん呼ばわりは普通に失礼である。

「惚《とぼ》けてんじゃねえよ！　その子とのパーティを解散しろってギルドから言われただろ？その子は俺達とパーティ組むの！　おっさんはお呼びじゃないの！」

先走った行動だとしてもどうしてそうなるのだろうか？　火蓮の意見も聞かずに、都合のいいようにしか考えていない。

今もこうして二人で行動しているのだから、冒険者ギルドが問題ないと判断したことは確認を取るまでもなく察せるはずである。「勘の悪いガキは嫌いだよ！」と言いたくなってしまうのを黎人はグッと堪える。

「惚けてないんだけどな。さっき受付で俺が火蓮の面倒を見ることに関しては何も問題ないと言われたところだ。それで、いきなり現れた君達は誰《だれ》なんだ？　火蓮の知り合いか？」

「ダウトー！　そんなわけねえだろうが！　お前とその子が組むメリットがねえ！　俺達と組むのがその子にとっての最善だ！」

話が通じないにも程がある。黎人も火蓮も空いた口が塞がらないほどに呆れてしまった。一体、どうしてそこまで自信を持って言えるのだろうか？

「……それは火蓮が選ぶことだろう？」

黎人は自分が言っても話が通じないので、火蓮の選択ならば言い返せないのではないかと考えて火蓮に話を振った。

火蓮もそれを理解したのか、先程受付で話したように話そうとしたのだが、何を思ったのか、男は火蓮の言葉を遮《さえぎ》って話し始める。

「いーや、それじゃお前に脅されてちゃんとした返事ができないだろう？　俺達が調べたところによると、お前はその子に報酬金の配分をせず、しかもあろうことかレンタル料金をケチるために防具なしでダンジョン内を連れ回している！　防具がないにもかかわらず、戦闘はいつもその子に任せきりで、自分は安全な所から見物。大方、魔石をちょろまかされないか監視でもしてるんだろう？　俺達はそんなことしない！　その子の実力なら即戦力だ！　勿論、稼いだ報酬は均等割、レンタル防具に頼らずとも防具に必要な金は無利息で貸し出す！　なあ、みんな、どちらの意見が正しいか分かるだろう？」

男は、ロビーの真ん中で行われているこの騒ぎを見にきた人達にそう問いかけた。

今男が話した内容だけを聞けば、周りで見ている人達は黎人が悪いと思うだろう。無理矢理火蓮を連れ回しているように聞こえる。

案の定、周りで見ている人達は、黎人を嫌悪の目で見ている。

今は時間的に、成果報告を済ませて帰ろうとしている人が多い時間である。

そんな中、ロビーで起こったこの騒ぎに野次馬の数は多い。大人数なので、この中から聞いた話だけで黎人に向けて非難の声まで上がってもおかしくはない。かなり慣れた手口のように思えた。

しかし、非難の声が上がる前にロビーには冒険者ギルドの職員の声が響いた。

「なんの騒ぎですか！　やめなさい！」

騒ぎを止める声と共に、黎人達を囲んでいた野次馬の人垣を割って猿渡さんと他数名のギルド職員が歩いてくる。

「公共の施設で騒ぎを起こされては困ります！　一体何の騒ぎですか？」

猿渡さんの質問に男はしたり顔で答える。

「ギルドの方からももう一度ちゃんと言ってあげてくださいよー！　このおっさん、まだその子を連れ回してるんですよ？　なので、僕達が注意をして、その子をパーティに受け入れる準備をしていることを教えてあげていたんです！　おっさんの悪行を暴《あば》いた上でね！」

ギルド職員も巻き込んで、男は周りに演説するように話した。

しかし、男の話を聞いた猿渡さんは首を傾げる。

「野村様、春風様の悪行とはどのようなことでしょうか？」

男の名前は野村という名前らしいが、猿渡さんの対応に野村は苛立《いらだ》ったように感じる。

「おいおい職員さん。僕はちゃんとそこにいる職員の田中さんに伝えましたよ？　ギルド職員の中で情報伝達できてないのは問題じゃないですかぁ？　報連相《ほうれんそう》は大事ですよぅ？」

野村は猿渡さんの質問に答えずに、小馬鹿《こばか》にしたように話した。

「それは春風様が無報酬で柊様を連れ回しているといったお話でしょうか？」

野村の言葉に猿渡さんは苛立った様子もなく、笑顔で話の確認をした。

「分かってんじゃねえか！　だったら――」

「その件に関しましては春風様になんの問題もない事を冒険者ギルドで確認が取れております。野村様がおっしゃるには柊様は無報酬とのことでしたが、取得した魔石は全て柊様が吸収しておられます。それに、確認したところ、それまで魔石の税金分は春風様が支払われていますから、どちらかと言えば柊様に有利な条件でパーティを組まれているのだと思います。元冒険者の春風様に柊様が指導を受けているため、ダンジョン内での戦闘は主に柊様が担当されているとも伺っております。それに、防具に関しましても、不安の声が寄せられておりますが、春風様は最高級の防具であるインナースーツを柊様に渡しておいでですので、今のままでも他の方よりも防御力は高く、何の問題もないことが確認できております。野村様方から私どもに報告していただいた情報が全て間違いであったと確認が取れたため、春風様と柊様は今のままで問題がないことをすぐに野村様方にお伝えするはずでしたが、春風様はつい先程成果報告を済まされ、そこでこのことを確認したところでしたので、間に合わなかったようですね！」

猿渡さんは笑顔で、態度にこそ出していなかったが、苛立っていたのが分かるような言い回しであった。

集団心理とは面白《おもしろ》いもので、今の猿渡さんの話を聞いて、周りで見ていた人達は、既に黎人に悪感情を向けておらず、野村達のことを白い目で見ていた。

「私は師匠にとても良くしてもらっています。師匠以外と、ダンジョンに入る気はありません！」

最後に、火蓮の言葉がダメ押しとなった。

野村は周りの視線に顔を真っ赤《まか》にしてぷるぷると震えて黙っている。

「火蓮、もう話すことはないみたいだから行こうか。猿渡さん、来ていただいてありがとうございました」

「そうですね師匠、早く帰りましょう！　猿渡さん、ありがとね！」

黎人と火蓮は猿渡さんにお礼を言ってこの場を後にする。

また野村に絡まれても嫌なので、本当はギルドの外に魔石を持ち出すのは良くないのだが、今日は魔石は家で吸収することにする。インナースーツも、見た目では着ていることが分からないので、着替えもシャワーも家ですることにして、直帰することにした。

騒ぎが収まったからか、周りで見ていた人達もぱらぱらと帰り始めている。

「俺をコケにしやがって、許さないからな……」

野村が怒りで震える声で呟《つぶや》いた言葉は、誰かの耳に届くことはなかった。

◇◆◇◆

頭と体を洗い終わった後、湯船に浸かると、温かいお湯の温度が、身体にじんわりと染み込んでくる。

今日はもうシャワーで済まそうかと考えていたが、火蓮が魔石を吸収している間に、黎人がお湯を溜めておいてくれた。

いつもは自分の部屋で入浴しているが、今日は師匠の家のメインのお風呂なので、どこか、他人の家でお風呂に入っているようである。

「って、他人の家なんだけどね……」

火蓮は、自分の考えていたことにセルフツッコミをした。

火蓮は居候とはいえ、ずっとこの家に住んでいるので、自分の家のような感覚に陥《おちい》ってくる。自分の居場所ではあるが、そこは勘違いしてはいけないところであると思っている。

火蓮の生活空間は、黎人と過ごすリビングダイニングとゲストルームであるが、この家の家事はお世話になっているということで、火蓮が全てこなしている。

そのため、全容は把握済みだ。

黎人は火蓮に「家事は業者に任せるからしなくてもいいぞ」と言うのだが、火蓮は「居候の私が全部やりますからね！」と譲らずに、いつも鼻歌を歌いながら掃除をしている。

このお風呂も、毎日火蓮は掃除しているのだが、いつ見ても、広いお風呂だと感じる。

火蓮がいつも入っているゲストルームのお風呂も火が家族で住んでいた家のお風呂よりも立

派で大きいのだが、こちらはちょっとした大浴場のようで、大人が三人くらいなら余裕で足を伸ばして入ることができるであろう大きさだ。

そんな浴槽に、今日は火蓮一人なのだから、余計に広く感じて妙にソワソワしてしまう。

「誰も見てないし、泳げる？　いや、流石《さすが》にバタ足が限界だよね」

おかしなことを一人で呟きながら火蓮はお風呂の中をぐるりと見回す。

「いつもはここに師匠が一人で入ってるんだよねー。寂《さび》しくないのかな？　…………いやいやいやいや！　違うよ！　違うからね！　二人で入れば寂しくないよとかそういうこと言ってるわけじゃないからね！」

火蓮は誰もいないお風呂の中で必死に言い訳を口にする。

「火蓮、何か呼んだか？」

「ひゃい！」

火蓮が騒いでいたので、黎人が心配してくれたのだろう。

気を遣って脱衣所のドアの向こうから叫んでくれているのか、こもったような黎人の声が聞こえてくる。

「えっと……師匠ー！　タオルってどれを使えばいいですかー！」

自分に言い訳をしていたとは流石に言えないため、火蓮は悩んだ末に分かっていることを黎人に質問した。

「それなら棚のやつは好きに使っていいぞ！」

「ありがとうございます！」

黎人とのやり取りを終えて、火蓮はホッと一息吐《つ》いた。

「温《あった》まったし、そろそろ出ようかな」

ゆっくりしていても、次の変な妄想が出てきそうだったので、タオルの場所も聞いたことだし、もうお風呂から上がることにする。

火蓮は、お風呂から出ると、バスタオルで髪の水気をとった後に、体を拭いていく。

拭き終わった後、服を着ようとして火蓮は気づいた。

「私、着替え持って来てない」

火蓮はダンジョンから帰った服のまま魔石を吸収して、黎人に言われてそのままお風呂にやって来た。

いつもは脱衣所の棚に下着とパジャマが入っているが、今日は違う場所のお風呂のためそれがない。

せっかく黎人が入れてくれたお風呂で汗を流したのだから、ダンジョンへ着ていった汗くさい服と下着をもう一度着るのは失礼だと思った。

バスタオルを巻いて部屋まで戻る？　ダメだ。部屋に行くにはリビングを通らなければならず、そこには師匠が居るはず。

火蓮は考えた末に黎人を頼ることにした。

「師匠ー！」

先程、騒いでいたら黎人が来てくれたので、火蓮は黎人を大きな声で呼んだ。

「火蓮、どうした？」

ドア一枚隔てた向こうに、黎人が来てくれたようである。

「あ、ちょっとだけ待ってください！」

ドア一枚しか隔てていないのに、タオルさえ巻いていない自分の姿が恥ずかしくなって、火蓮は黎人を待たせて先にタオルを体に巻いた。

「あ、あの、師匠、実は着替えとかを持ってくるのを忘れてですね……」

「なるほどな。なら、俺はトイレに入っておくから火蓮が部屋に行って、着替え終わったらトイレをノックしてくれるか？」

火蓮が困っていることを理解した黎人は、打開策を提案した。

「ありがとうございます！」

「それじゃトイレに行くから、余裕を持ってちゃんと俺がトイレに入った後に出てこいよ？」

「はい！」

黎人がトイレに入ってくれたので、しばらく待ってから火蓮は裸の上にバスタオルを巻いただけの状態でリビングを通って自分の部屋に向かう。

自分の部屋の脱衣所で、急いで下着とパジャマを身につけると、待たせている黎人を呼びに火蓮はトイレへと向かう。

火蓮がトイレのドアをノックすると、黎人が中から出てくる。

「別に急がなくても、髪の毛乾かしてからでも良かったのに」

「そんなことしませんよ！　……ありがとうございました」

火蓮は恥ずかしそうに黎人にお礼を言った。

「急いでくれたのは分かるけどな。ボタンはちゃんと留めような？」

「え？」

いつかの朝のように前が開いてしまっているのかと、火蓮は慌てて確認するがそんなことはない。しかし、ボタンは慌てていたせいで段違いに留められていた。

「あ、直してきます」

火蓮は自分の部屋にパジャマの着崩れを直しに向かう。

パジャマのボタンを留め直して、火蓮がリビングに戻ると、黎人がお風呂上がりの飲み物を用意して待ってくれていた。

「師匠、ありがとうございます」

火蓮は、いつものようにリビングのソファの黎人の隣にちょこんと座る。

黎人に入れてもらった飲み物を飲みながら、火蓮はふと考える。今、黎人もいるリビング《ここ》をバスタオル一枚で歩いたと思うと恥ずかしさで顔が赤くなるのを感じた。

火蓮が黎人といつも通りに話せるようになるまで、しばしの時間がかかったのであった。

◇◆◇◆

翌日、冒険者ギルドに来ると受付で猿渡さんに謝られた。

別に冒険者ギルドの落ち度というわけではないのだけど、立場上謝罪しなければいけないのだろう。

しかし、不幸中の幸いというべきか、昨日あの騒ぎで黎人と火蓮のことが周知されたお陰で、インナースーツ姿で装備なしに見える二人を見る視線が減った。

それ以外は特に変わらないが、今日もゲートを潜《くぐ》ってダンジョンへと向かう。

今日も相変わらず、火蓮のレベルに合わせた場所で、狼の魔物を倒して魔石を集めていくわけだが火蓮はこの反復作業に飽きてきたのか、向上心の表れなのか、移動の時に黎人に質問をしてきた。

「師匠、魔法ってどう使うの？」

「なんだ、藪《やぶ》から棒に？」

「えっと、ほら、魔法を使えたら冒険者っぽいなぁって。それに、師匠がたまに物を出し入れしてるのも魔法でしょ？　使えたら便利だろうなと思って」

色々と理由をつけてはいるが、急にこんな話をするということは、成長を感じられなくて冒険者のことを自分で調べたりしたのだろう。

黎人は、師匠としてまだまだだなと自分を戒める。確かに、魔法が使えるようになれば成長は分かりやすい。

「それ以外にもありそうだが、まあいいだろう。魔石も順調に吸収できているから魔力も得てるだろうしな。今日は魔法も教えてやるか」

「ほんとに！　やった！」

火蓮のガッツポーズする姿に、分かりやすい奴だと黎人は思う。

「ただな、魔法は勉強だぞ？」

「ええ⁉」

「感覚で使えるようになる奴もいるがな、基本は科学を使った特殊現象だ。それを理解するのにも、魔石を吸収してステータスを上げて理解力を付けないとな。まあ、今日は使って見せてやるけどさ」

勉強と聞いて、顔を引きつらせた火蓮であったが、魔法が見られると聞いて顔をパァッと明るくさせた。

表情が忙しい奴だと思いながら、魔法を使うために、人気《ひとけ》のない場所へ移動する。

「まず初めにだけどな、勉強ができるようになったからと言ってすぐに魔法が使えるわけじゃない。魔石を吸収して手に入れた魔力を使って理解した現象を起こす必要がある。その時に、個人の魔力との親和性によって使いやすい属性や使いにくい属性がある」

黎人の説明を聞いて火蓮は理解ができていないのか難しい顔をした。

「簡単に言えば、人によって得意な属性があるんだ。それは名前に因《ちな》んでいることが多い。火蓮の場合は分かりやすいぞ。多分《火》属性が得意だ」

「なるほど！　私が火蓮だから！」

今度の話は理解できたようで、火蓮は嬉《うれ》しそうに自分の名前を言った。

「そうだ。それじゃ、魔物が出てきたら使ってみるぞ」

「うん！」

簡単な説明を終えたので、少し歩いて魔物を探すと、すぐに狼の魔物を見つけた。

「それじゃ、ちゃんと見とけよ？」

黎人は火蓮に見逃さないように言うと、五匹並んでこちらを威嚇するように唸《うな》っている狼の魔物の方を見た。

次の瞬間――――

狼の魔物達がいた場所が爆発《ばくはつ》して火柱が上がった。それに巻き込まれた狼の魔物達は燃える暇もなく爆散してしまう。

「なんか違う⁉」

火蓮はそれを見て驚愕《きょうがく》の表情で文句を言った。

「師匠、火魔法ってこう、火の玉を飛ばしたり、火の壁を作ったり、火の剣で斬ったりするものじゃないんですか？」

イメージと違った魔法に火蓮は捲《まく》し立てるように黎人に質問をする。

「こうか？」

火蓮の言葉を聞いて、黎人は空中に火の玉を作り出した。

「それです！　そっちの方が魔法っぽいじゃないですか、なんで爆発！」

「そっちの方が効率よく魔物を倒せるだろ？」

「そうかもしれないですけど、魔法を見せるって言ってのあれは酷《ひど》いですよぅ！」

黎人の様子から、揶揄《からか》われたのだと分かって火蓮は頬《ほお》を膨らませた。

「でも、本当に魔法だ。師匠、ファイヤーボール！　とか叫ばなくてもいいんですね」

残念そうに黎人の作り出した火の玉を見る火蓮の姿に黎人は苦笑いだ。

「そんな時間があったら早く魔物に向けて飛ばした方がいい。現実のゲームや物語みたいに詠唱したりして火の玉を作るのに時間がかかっても、魔物は待ってくれないからな」

黎人の言葉に現実を見て、火蓮は少し悲しそうである。

「そしたら次はどうやって使うかを勉強してみようか。火蓮、なんで火は燃えるか知ってるか？」

「それくらい分かりますよ！　酸素があるからでしょう！」

火蓮は胸を張って答える。中学生理科のような、黎人による魔法の授業が始まったのであった。

◇◆◇◆

魔法の授業を受けたからといって、すぐに魔法が使えるようになるわけではない。

しかし、ただ強くなるという途方もない目標よりも、魔法を使いたいという目標ができたことで、火蓮の集中力は上がった。

そのおかげもあって、今日はいつもよりダンジョンから帰るのが遅くなってしまった。

平日というのもあって、もともとダンジョンにいる人は少なかったが、この時間になるとギルドへ戻るゲートへの帰り道も人を見なくなる。

ゲート前も当然人は少ないはずなのだが、今日は多くの人が集まっている。昨日のいちゃもんをつけてきた野村とその仲間達であった。

「ようやく来たか！　お前らは、俺に恥かかせたことを後悔しながら死ね！　だけど、その前にお前の前でその女をたっぷり嬲《なぶ》ってやるからな？　お前ら、ボコっちまうぞ！　女はまず俺からだからな！　押さえつけて剝《は》いどけ！」

野村はいやらしい顔をして仲間にそう叫ぶ。昨日のことで懲りた様子はなく、目当ての火蓮に対して強硬手段に出たようだ。

今の話を聞いて、火蓮は嫌悪を露《あら》わにしている。

野村の命令を聞いて、武器を構えた男達がジリジリと間合いを詰めてくる。野村の仲間は昨日ロビーに居た人数の五倍くらいに増えていた。Gクラス……これ以上考えるのはやめておこうと黎人は頭を振った。

明らかな犯罪行為であるが、黎人は一応思いとどまるように注意を促す。そうしないと罪に問われるのは黎人の方になる可能性があるからだ。

「あれはお前らの確認不足だろ？　それに、俺元冒険者だから、この人数くらいじゃ相手にならないし、悪いことは言わないからやめときなよ」

「うるせえ！　どうせ元冒険者って言っても底辺だろ！　強い冒険者ならその年で引退するわけがねえ！」

やはりと言うべきか、野村は聞く耳を持たない。黎人がこの年で冒険者を引退しようと思ったのは強すぎたがゆえ、稼ぐ必要がなくなったからなのだが、そんなことは彼らには想像できないのだろう。

再度野村が「やっちまえ！」と号令をかけると野村の仲間達が一斉に武器を振り上げて黎人

達に向かってくる。

まるで、ヤンキードラマのワンシーンを見ているようである。

人の怒気に慣れていない火蓮は、その様子に恐怖を感じて不安そうに身を縮こまらせているが、黎人から見れば野村達よりも火蓮がいつも相手にしている狼の魔物の方が強敵だと分かる。

そして、黎人は隣にいる火蓮に笑顔で話しかける。

「火蓮、よく見てみろ。あいつら、いつもの狼の魔物より速いか？」

火蓮は向かってくる野村の仲間達を見て首を横に振った。

火蓮を安心させるために、黎人は話を続ける。

「そうだ。火蓮はちゃんと成長している。あれくらいの相手なら火蓮一人でもなんとかなりそうだけど、今日はせっかくだからさっき見せたのとは違う魔法を見せようか」

黎人は武器を振り上げこちらに向かってくる野村の仲間達の方へ右手を向ける。

別にこの仕草は必要ないが、何をしてるのかが分かりやすいだろう。今回使うのは風魔法だ。

向かってくる集団の周りの空間を指定して酸素を一気に抜く。

それだけで人は酸欠になって一瞬で気を失ってしまう。注意しないといけないのは酸素濃度に気をつけないと一気に死んでしまうことだ。

それくらい繊細な酸素濃度のコントロールを、黎人は平然とやってみせる。

武器を振り上げ走りながら気を失えば、そのままコケて大怪我は避けられないだろうがそれは黎人の知ったことではない。

黎人に直接殴られるよりも軽傷で済むはずである。

冒険者や元冒険者が、一般人に手を出すのは、プロボクサーや柔道の上級者と同じように禁止されている。

しかし、今回のようなケースならば正当防衛として扱われるだろう。黎人が初めに話しかけたのも、そういった理由からである。

仲間が倒れてしまったが、野村は離れたところにいたのでまだ意識があった。

「な、何しやがった！」

「何って魔法だけど？　元冒険者なんだから、それくらい使うだろう？」

「う、嘘《うそ》だ！　底辺の冒険者が魔法なんて使えるわけがない！　な、なんだその手は⁉　俺の父親は都議――」

黎人は話している途中の野村も、仲間と同様に風魔法を使って気絶させた。

二回に分けた意味はあまりない。強《し》いて言えば野村一人のために範囲を広げるよりも、二回に分けた方が簡単だというくらいである。

「どうだ？　これが風魔法だ」

「だから！　師匠のは魔法っぽくないんですってば！」

火蓮は文句を言うが、相手に怪我をさせないようにするには最善の魔法だ。

「もう一個違う魔法を使うぞ。今度は重力魔法だ、ちゃんと見とけよ？」

黎人は万有引力の法則の理論を使って、気絶した野村達を持ち上げる。

「あ！　今度はそれっぽいかも？」

これまでとあまり変わらないと思うのだが？　黎人は火蓮の感覚が分からずに苦笑いである。

重力魔法で持ち上げた野村達を連れて、冒険者ギルドまで戻って来た。

気を失った人達を空中に浮かせて運んでくるという異様な光景であるが、時間が遅いため冒険者ギルドに利用者がいなかったので大きな騒ぎになることはなかった。とはいえ、受付の人には驚かれた。

猿渡さんがまだ居たので対応してもらい、被害届を出す準備をしていく。

ダンジョン内の出来事は基本冒険者免許証に記録されるため、ダンジョンでの犯罪は起こりにくい。これは冒険者免許証の魔石を使った謎《なぞ》技術なのでダンジョン内にカメラが設置されているわけではない。

しかし、Gクラスダンジョンの入場者は冒険者免許証を持っていないのでダンジョン内での出来事が記録に残ることはない。

そう考えると、野村達のような人間が使うと、Gクラスダンジョンは犯罪の温床になるのかもしれない。

ただ、Gクラスダンジョンにもカメラが設置されている場所がある。それがゲート前である。

過去にダンジョンから魔物が外に出てくるという事件があったため、一早く気づけるように全てのダンジョンで、カメラの設置作業が比較的簡単なゲート前には監視カメラが設置されているのだ。そこでなければ証拠は残らないのになぜ野村達はゲート前で仕掛けて来たのだろうか？　まさかそこより奥に入ったことがないなんてことはないだろうが、謎である。

何はともあれ、今回はゲート前で起こった事件だったので証拠は残っており、届け出を出すのは簡単である。

警察に連絡しようとしていた時に、奥から冒険者ギルドの男性職員がすごい形相でやって来た。

「君達、なんてことをしでかしてくれたんだ！」

「田中さん、一体どうしたんですか？」

いきなり怒鳴りつけて来た田中という男性職員に、猿渡さんも驚いている。

「君達、この方は野村議員の御子息だぞ？　それを気絶させる程痛めつけるなんて、なんて事を！　ぬ、その紙は？　まさか被害届を出そうとかしてないだろうな！　ふざけるな！　議員のご子息だぞ！　この状況を見れば被害者は野村様だ！」

状況を把握せず、黎人達を怒鳴りつける田中の話を聞いて、こういうのが居るから野村はああいう行動を取るのだろうと察した。

「カメラに証拠が残ってるように、被害者は俺達です」

「なら、被害届を取り下げろ！」

「嫌ですよ。見逃したらまた襲ってくるかもしれないでしょ？」

「野村議員の御子息なんだぞ？」

「そんなの知りませんよ」

「く、俺は忠告したからな！　後悔するなよ！」

田中は、捨て台詞《ぜりふ》を言って去っていった。

「春風様、重ね重ね申し訳ございません！　田中のことは、上に相談して対処させていただきます」

「いいよ、猿渡さんも大変だね。それよりも、手続きを続けちゃってくれる？」

猿渡さんは悪くないのだが、貧乏くじを引いているな。と黎人は苦笑いで話す。

その後、警察が来て被害届は受理され、野村達は無事、警察に引き渡されたのであった。

食生活

今日はダンジョン探索はおやすみの日で、火蓮《かれん》はある目的のために朝から一人で出かけている。

黎人《れいと》に出会ってからいつも一緒だったので、一人で出かけるのは久しぶりである。

黎人に買ってもらったお気に入りの服に身を包み、目指す場所はスーパーマーケットである！

お金は黎人からもらっているので、お財布の中は温かい。

なので、事前に買い物リストに書いた目的のものを買い物カゴにポンポン放り込んでいく。

買い物も終盤に来たところで、山盛りの買い物カゴを持ちながら、ある商品をじっと見て唸《うな》っていた。火蓮はステータスが上がっているので、買い物カゴの重さが気になるということはない。

何を唸っているかというと、アイスクリームコーナーでアイスと睨《にら》めっこしているのである。

お金には余裕があるので迷う必要はないのだが、今日買う予定の買い物リストにはないので、火蓮は誘惑と戦っている最中であった。

「師匠の分も一緒に買えばいいかな？　いいよね？」

戦った結果、敗北してアイスクリームを二つ買い物カゴの中に放り込んだ。

黎人の家に住み始めてから数日。外食や出前ばかりで自炊をしていない。なので、今日から火蓮が料理をすると宣言したのであった。

買い物を終えて家に帰ると黎人がコーヒーを飲んでいた。

「おかえり。いっぱい買ったな、荷物持ちでついていけばよかったか？」

「大丈夫です！　ステータスが上がったおかげで持って帰ってくるのも楽勝でした！」

火蓮はそう言って肩に担《かつ》いでいた十キロの米の袋をヒョイと下ろした。

その後、反対の手で持っているパンパンのレジ袋を持って冷蔵庫の方へ向かう。

溶ける前にアイスを真っ先にしまい、買ってきたものを入れ終えた後は、今日使うものだけを取り出した。

火蓮はキッチンに立ってから気づいたが、この家にはエプロンがない。

せっかく黎人に買ってもらったお気に入りの服を汚したくなかったので、火蓮は料理を作る前に部屋に行ってパジャマに着替えて戻って来た。

「どうした、そんな格好で」

パジャマで戻って来た火蓮を見て、黎人がそう質問する。

「エプロンがなかったから服が汚れたらやだなと思って」

「そうか。じゃあ今度エプロンを買いに行かないとな」

黎人の提案に火蓮は笑顔で頷《うなず》いた。

汚れる心配もなくなったので、調理を開始することにした。今日作るのは角煮にしようと思っている。

火蓮が鼻歌を歌いながら作っていると、黎人が覗《のぞ》きにやって来た。

「いい匂《にお》いがしてきたな」

「焦《あせ》ったらダメですよ。とろ火でコトコトです！　その間にお米も炊きますからね～」

黎人も楽しみにしてくれているようなので、火蓮はより気合いが入る。と言っても後はトロトロになるまで煮込むだけなのだけど。

完成した角煮を盛り付け、炊き上がったご飯をよそったら出来上がりである。

お昼ご飯なのに張り切りすぎてしまい、もうおやつの時間である。

待ってくれている黎人のために火蓮は急いでテーブルに並べていく。

「テーブルに並べるの手伝うか？」

黎人が待たせたことに怒りもせず、手伝いを申し出てくれたのだが、火蓮は笑顔で首を横に振る。

「あとは並べるだけなので師匠は座って待っててください！」

火蓮は初めてちゃんとした料理を黎人に振る舞うのだから、最後まで自分の手でやりたかったのだ。

ちなみに、初めて来た日の朝ご飯は途中からなのでノーカンである。並べ終わった後、食事が始まり、黎人が角煮を食べるのを火蓮は緊張した様子で見守っている。

「うん。美味《おい》しい。火蓮は料理が上手《うま》いな」

「別に、家でも作ってただけですから。ネットのレシピも見ましたし」

一口食べた黎人が褒めてくれるが、火蓮は恥ずかしくて誤魔化《ごまか》してしまった。

「それでも美味しいことには変わりはないさ」

「ありがとうございます。師匠の分もアイス買ってきてありますからおやつに食べましょうね」

火蓮は嬉《うれ》しくて、頬《ほお》が緩んでしまうのを隠したくて、アイスの話題を出してしまい、夜お風呂《ふろ》上がりに食べようと思っていたアイスクリームはおやつになってしまうのであった。

向かってくる狼《おおかみ》の魔物の攻撃をバックステップで危なげなく躱《かわ》して、火蓮はカウンターのように狼の魔物に向けて剣を振り抜いた。

火蓮が魔物を倒す時、イメージするのはいつも黎人《れいと》の剣筋だ。

初めてダンジョンに来た時の黎人が魔物を真っ二つにした姿をイメージして、火蓮は思い切り剣を振り抜く。

「あれ？　ウソ！」

いつもなら黎人のようにいかないまでも、狼の魔物を斬り飛ばすことはできる。

しかし、今回火蓮が振り抜いた剣は、狼の魔物の体に食い込んで止まる。

火蓮が予想外のことにあたふたしているうちに、剣が食い込んで刺さったままの狼の魔物が爪《つめ》で火蓮を切り裂こうと前足を振り上げているし、他の仲間の狼の魔物が火蓮に向かって迫って来ている。

「とりあえず、避《よ》けないと！」

火蓮は狼の魔物に刺さってしまった剣を抜くのを諦《あきら》め、手を離して狼の魔物の攻撃を避ける。

「上手《うま》く避けたな。いい判断だ！」

狼の魔物の爪も、向かって来ていた狼の魔物の攻撃も避けたところで、後ろで見守っていた黎人が一瞬で全《すべ》ての狼の魔物を斬り飛ばした。

その剣筋は、やはり自分とは違ってとても美しいと火蓮は思う。

「もうちょっと早く助けてくれてもいいじゃないですか？」

「火蓮の実力なら避けられると思っていたからな。あんまり早く助けたら、独り立ちした後に困ることになる」

黎人の説明に火蓮は納得した。

今は毎回一緒にダンジョンに来て、危なくなったらこうして助けてくれるが、もう少し成長したら《木こりの原っぱ》を一人で探索してみるように言われている。

今回のようなトラブルが、その時でなくて良かったと火蓮は思う。

「意外と早くダメになったな。それだけ火蓮が魔物を倒したってことだけど」

いつの間にか剣をしまって手ぶらになっていた黎人は、そう言いながら狼の魔物に刺さった火蓮の剣を抜いた。

「本来は毎日自分で手入れをしたり、定期的にちゃんとしたメンテナンスをお店に頼む物だからな。ほら、この刃こぼれでは斬れないのは当たり前だ」

黎人はそう言って笑いながら狼の魔物から引き抜いた剣を火蓮に見せた。

「な、どうしてもっと早く教えてくれないんですか！　そうしたらさっきみたいなことは防げたのにぃ！」

黎人の言葉を聞いて、火蓮は頰《ほお》を膨らませながら文句を言う。

「すまんすまん。これも経験だ。火蓮の咄嗟《とっさ》の判断は見事だったよ。合格だ！」

不貞腐《ふてくさ》れたように頰を膨らませている火蓮の頭を、黎人はガシガシと撫《な》でながら言った。

「それじゃあ今日は引き揚げて武器屋に行こうか。剣がこれではダンジョン探索は無理だからな」

「え、武器屋？　冒険者っぽい！　興味あるかも！」

先程までの不貞腐れた様子はどこへやら。武器屋に興味を持った火蓮は黎人の話に食いついた。

二人はこれでダンジョン探索を切り上げ、都内にある武器屋へ向かうのであった。

◇◆◇◆

黎人と火蓮がやって来たのは《始まりの街》と呼ばれる武器屋であった。

上級冒険者が使うような性能のいい一級品を置いているわけではないが、初心者向けの武器を取り扱う店の中では長持ちする丈夫な武器を取り扱うことで有名なお店である。勿論《もちろん》、初心者向けとしては少しお高めの値段であるが。

「わあ、武器がいっぱい」

所狭しと武器が展示されている店内を見て、火蓮は圧倒されるように声を上げた。

火蓮が使う片手直剣以外にも、色々な武器が並んでいる。

片手で扱う武器でも、カトラスのように刃の曲がった剣、片手用の斧《おの》、メイスのような殴打系の武器。両手で使う槍《やり》など多種多様な武器。

反対側のスペースには盾や防具もずらりと並んでいる。

そのスペースを確保するためなのか、表に物騒なものを見せないためなのか、《始まりの街》は地下にあるお店である。

「さて、それじゃあ火蓮の新しい武器を探そうか」

「え、あの剣をメンテナンスしに来たんじゃないの？」

火蓮はまだ今までの剣を使うと思っていたようだが火蓮の成長を見ればもう火蓮の体格に合わせた武器に買い替えた方がいい。

それに、あの剣は黎人が昔使っていた剣を残していたものなので、そろそろ寿命でもある。

「あの剣はもう寿命だろうしな。火蓮に合わせた使いやすい剣を選ぼうか」

「うん！」

火蓮は黎人に言われて店の中を見て回る。

色々な武器があるが、見て回るのは片手直剣。使い慣れているというのもあるが、火蓮が追いかける黎人《目標としている》が使う剣だからで、憧《あこが》れからどうしても黒い剣を探してしまう。

火蓮が武器を見て回っている間、黎人は店員に刃こぼれのひどい剣のメンテナンスを頼みに行く。

店員にも寿命だと言われてしまったが、なんの変哲もない鉄の剣でも、残してあるのは思い出深い剣だからだ。

使うわけでは無いので刃こぼれさえ直ればいいと無理を言って了承してもらった。

剣を預けた後、黎人は武器を選んでいるであろう火蓮を探す。

黎人が見つけると、火蓮は、壁に飾ってある一本の剣を見上げていた。

黎人が使っているような、黒い剣を探していたのだが、色々な剣が並ぶ中でその剣に目が吸い寄せられるような感覚を覚えた。

「あの剣が気になるのか？」

「え、うん」

黎人に声をかけられて、火蓮は自分が見惚《みと》れていたことに気づいた。

探していた黒い剣とは違う、朱色に透き通るような刀身。赤く燃え上がるようなその剣は、火蓮の名前と同じ火を感じさせる。

「あの剣はウチの店の最高ランクの剣の中でも特別な、一点物でございます。初心者向けかと言われると違いますが……」

剣を見ていた火蓮と黎人に、店員が声を掛けてきた。

その言葉に、黎人も納得である。

火蓮の見ていた剣は、失礼だが初心者の店と言われるこの店には似つかわしくない、上級冒険者が使っていてもおかしくない武器であったからだ。

「それじゃ、あれをもらおうか」

即決した黎人の言葉に店員は目を剝《む》いた。

火蓮も驚きのあまり勢いよく黎人の方を振り向いた。

「すぐ使えるわけじゃない。今の火蓮に強すぎる武器は成長の邪魔になる。だけど、今の火蓮の感じだとあの剣は火蓮を呼んだんだ。すごい武器は主《あるじ》を呼ぶことがある。だから、買いはするがしばらくはお預けだ！」

剣が人を呼ぶ。黎人の言っていることは火蓮にはよく分からない。でも、あの剣に惹《ひ》きつけられたのは事実で、将来あの剣を使う自分を想像すると心が躍る感じがする。

店員さんの話を聞けば、馬鹿《ばか》高いのだろうと思うが、黎人に甘えようと思った。どうせ、遠慮しても意味ないのだし。

そんなことを考えられるようになるほど、火蓮は黎人に毒されてきているようである。

「ありがとうございます。師匠！」

火蓮はとびきりの笑顔で感謝を伝える。

店員はいきなりのことで戸惑っていたが、黎人が一括で払うことを伝えるととても良い笑顔を作った。

他に、これから使う普通の剣もちゃんと選び、火蓮の武器選びは終了したのであった。

◇◆◇◆

「師匠、この剣めっちゃ斬れます！」

狼の魔物を倒し終わった後、火蓮は嬉《うれ》しそうに黎人に向けて剣を持っている手を振った。

「おいおい、そんなに振り回したら危ないだろ？」

今使っているのは火蓮が見惚れた剣ではなく、練習用に買った普通の剣だが、以前まで使っていた刃こぼれまみれの剣と比べると少し短く、火蓮の体格に合っている。そのため取り回しもしやすいし、切れ味に至っては雲泥の差のはずである。

狼の魔物を倒すスピードも上がったことだし、もう何回かこの辺りの魔物を倒して手に馴染《なじ》ませた後はもう少し奥に行って魔物の強さを上げても大丈夫だろうと黎人は思った。

ここ《木こりの原っぱ》は平屋型《フィールド》ダンジョンと呼ばれている一階層しかないタイプのダンジョンである。

その分広大なダンジョンで、奥へ進めば進むほど出てくる魔物が強くなっていくタイプのダンジョンだ。

世界にあるGクラスダンジョンは全《すべ》てこの《平屋》型ダンジョンである。

気をつけないといけないのは、塔《マンション》や地下型ダンジョンのように階段などによって階層を移動するたびに魔物の強さが変わるわけではなく、分かりやすい区切りがないため、調子に乗って奥へ進みすぎると痛い目に遭うということだろう。

火蓮の場合、黎人がちゃんとコントロールしているので安心である。

とはいえ例外はある。《平屋》型ダンジョンは地続きになっているので、現れる場所の強さにそぐわない魔物がふらふらと現れる可能性もある。

黎人が火蓮の強さに合わせて移動した先で、それが現れた。

いつも相手にしている狼の魔物と比べて大きさは二倍ほど。目が四つあり、これまでの狼の魔物と違って魔物だと言われて納得できる見た目をしている。

《平屋》型ダンジョンとはいえ一定エリアよりも奥へ行かないと現れない、徘徊《はいかい》型のボスと言われる、この《木こりの原っぱ》で一番強い魔物である。

めったなことでは出会うことはなく探すのが難しいとさえ言われているのだが、運がいいのか悪いのか？　しかし、この魔物に出会うということはこのダンジョンの後半に足を踏み入れたということだ。

黎人は、感慨深いなどと思いながら、火蓮に話しかける。

「あの魔物はここのボスで火蓮にはまだ早いから、俺《おれ》が倒すぞ！」

黎人が空間魔法から自分の剣を取り出したところで、火蓮から待ったがかかった。

「師匠、一回チャレンジしてみちゃダメかな？　ここで一番強い魔物なら、どのくらい差があるのか試してみたい！」

「……一番最初に言ったけど、怪我《けが》をしてダンジョンに来られなければ収入がなくなるのが冒険者だ。もっと言えば死んだらそこで終わり。安全第一なんだぞ？」

「でも、今ならピンチになれば師匠が助けてくれるでしょ？　私は、冒険者になるのにどれだけ遠いのか知っておきたい！」

屁理屈だが、火蓮の目に宿るギラギラとしたやる気を見て黎人はため息を吐《つ》いた。

「別にアレを倒さなくてもFクラスダンジョンの初めで死なない実力と無茶をしない経験知を手に入れれば免許を取らせるけどな。まあ、試しに全力でやってみろ。骨は拾ってやる」

「骨になる前にちゃんと助けてくださいね！」

火蓮は攻戦的な笑みを浮かべてボスへ向かって走り出した。

徘徊型のボスは手を出さなければ襲ってこないのが、Gクラスダンジョンが安全と言われる所以《ゆえん》だ。

火蓮の敵意に反応して、四つ目の狼の魔物が牙《きば》を剝《む》く。

結果から言うと、火蓮は手も足も出なかった。

一撃も当てることなく、敵の素早い動きに対応できず、相手の爪の一振りで直撃を受けて死にそうになった。

勿論その爪は火蓮に当たることはなく、初日の狼の魔物と同じように黎人の剣の一振りによって四つ目の狼の魔物は真っ二つにされてしまったわけだが。

初めの頃は成長を感じられなかった火蓮も、先日の野村《のむら》達の動きや、帰り道にたまに出てくる以前戦っていた弱い狼の魔物を見て強くなってきたのだという自覚はあった。

「だけど、師匠は遠いなぁ……」

火蓮は、黎人の背中を見ながら呟《つぶや》いた。

成長した自分が手も足も出ない四つ目の狼の魔物を、初日の弱い狼の魔物と同じように簡単に倒してしまう。

そりゃ、すごい冒険者だったんだろうからとんでもない差はあるんだろうけどさ！　と火蓮は悔しそうな顔をする。

「決めた！　第一目標はあの四つ目を倒せるようになること！」

「どうした、急に？」

いきなり叫んだ火蓮に、驚いた黎人が質問をした。

「だって手も足も出なかったのは悔しいもん！　私、アイツを倒せるようになる！　もし先に冒険者になってもアイツを倒しに戻ってくるから！」

「そうか。頑張るといい」

黎人は、目標を見つけ更にやる気を出した火蓮を見て、戦わせてよかったと思い微笑《ほほえ》んだ。

これまでの動物と同じような狼の魔物と違って、ちゃんとした魔物と戦う恐怖に負ける人間も居るが、火蓮は簡単に乗り越えたようだ。

その後は、やる気を出した火蓮はいつもより長い時間、狼の魔物を狩り続けていた。

ゼロ発見

国際冒険者ギルド日本支部サブマスター神崎《かんざき》栞《しおり》はやっとの思いで突然登録消去された《居なくなった》冒険者ゼロの手掛かりにたどり着いた。

冒険者ゼロとは、日本で唯一のＳＳＳ冒険者であり日本最強クラン《黄昏《たそがれ》の茶会《ちゃかい》》のリーダーであった。

今でも冒険者後進国と呼ばれている日本が他の冒険者先進国と肩を並べ、その中でも一目置かれるようになったのは、彼の存在のお陰だと言ってもいい。

なにせ彼の納品する魔石はＳクラス以上のものと質が良く、本当に一人で採取しているのかと思うほどに大量で、彼だけで世界の魔石供給量の何割かを担っていると言ってもいいほどであった。

現在は魔石から取り出せる電気エネルギー量も上がり、魔石が余っている状況だと言われているが、彼が居なくなれば、世界に与える影響は計り知れないだろう。

彼が引退すれば世界情勢も変わる。それほどの人物である冒険者の引退。

「知らない間に引退してました」と世界に発表できるはずもなく、せめて体裁を整えるためにコンタクトを取る方法を探していた。

国際冒険者ギルドだけではたどり着くことができず、所属の違う国家冒険者ギルドに頭を下げてまで捜索した結果、たどり着いたのが目の前にいる相澤克樹《あいざわかつき》であった。

◇◆◇◆

相澤克樹は、何故《なぜ》自分がギルドマスター室に呼び出され、自身が所属する東京第三支部のギルドマスターが見守る中、紹介された国際冒険者ギルド日本支部のサブマスター神崎《神崎》の前に座っているのかが分からず混乱していた。

ここに呼び出されるまではいつものように自分の部署で仕事をしていたはずである。

「相澤さん、あなたは先日一人の冒険者を引退させましたね？」

相澤は、神崎の言葉にびくりと体を震わせた。

自分が情報端末を持ち出したことが問題になっているのだと思ったからである。

何故自分だけ、と思ってしまう。終わらなかった仕事を家でこなすために情報端末を持ち出すのはみんながやっていることであった。

確かにいけないことではあるが、黙認されているグレーゾーンであるはずである。

「相澤さん、別に責めているわけではありません。私は、貴方が引退させた冒険者に用があるのです」

神崎は、返答をしない相澤が、国際冒険者ギルド日本支部のサブマスターである自分に急に呼び出されたため何か勘違いしていると思い、安心させるために言葉をかけた。

しかし、相澤は余計に混乱してしまう。

自分が引退させたのは、婚約者《フィアンセ》の彼氏であった底辺冒険者である。

「なぜ神崎サブマスターがあの底辺冒険者に？」

相澤は混乱していたため、思っていたことを口に出してしまう。

それを聞いた神崎は、顔を顰《しか》めた。

「相澤さん、それは一体どういうことでしょうか？」

「私が引退させたのは春風《はるかぜ》という底辺冒険者のはずです。神崎サブマスターが探している人物とは別の人物だと思いますが？　私の婚約者の元恋人でして、大学を出たのに就職もせず、冒険者をしていたような人間です。まっとうな道を歩ませてやるために、婚約者と相談して、強制的に冒険者を引退させたんです」

相澤は言ってしまったものは仕方がないと、神崎の勘違いを指摘した。相澤は黎人《れいと》を引退させたことを悪いと思っていない。なので、多少オブラートに包んで話をした。

「いいえ、春風黎人さんで合っています。それよりも、強制的に引退とはどういうことでしょうか？」

「えっと……」

相澤は、神崎の声色が冷たくなったことに気づいて誤魔化《ごまか》しの言葉を探す。

しかし、神崎は相澤の返答を待たずに声を荒らげた。

「まさか貴方は、頼まれたわけではなく、ゼロを追放したというわけですか？」

「ゼ、ゼロ？」

「貴方が追放した春風黎人はSSS冒険者ゼロだと言っているのです！　なんてことをしてくれたのですか？　よりにもよって最強の冒険者を追放とは！」

「し、知らなかったんです。そんな、彼が、春風黎人がゼロだなんて！　俺《おれ》は婚約者に頼まれて、嘘《うそ》だ、そんな、奴《やつ》は底辺冒険者だからって……」

相澤は自分がしでかしたことの大きさにパニックを起こして言い訳を口にするがもう遅い。

「相澤君、底辺の冒険者など居ないぞ。私達冒険者ギルドの仕事は冒険者が居てこそ成り立つ。それどころか危険を冒して世界のエネルギーを供給してくれている冒険者に感謝しなければいけない。底辺と呼ぶなんてとんでもない思い違いだ。それに、君がしたことは職務規定違反な上に立派な犯罪行為だ！」

黙って話を聞いていた東京第三支部のギルドマスターが相澤の言い訳を否定する。

相澤はその言葉を聞いてガクリと肩を落として絶望に頭を抱えた。

「そんなことよりもっとまずいです。ゼロを追放したなんてことが世界にバレれば国際問題です！　相澤さん、貴方の婚約者なら春風さんに連絡を取れますか？」

神崎は相澤の罪などどうでもいいと、これからのことを考えて相澤に質問をする。

「へ？」

頭を抱えていた相澤は、理解できない質問に間抜けな声を上げた。

「この件が世間に露呈してしまえば日本の立場は終わりともいえます。なので、春風さんにまた冒険者へ復帰してもらうか、せめて、正式な手続きをして引退したことにしてもらいたいのです。そうすれば、世界に発表する内容によっては体裁が保てるので日本の受けるダメージは最低限で済みます。この件が上手《うま》くいった際には、貴方の罪は不問、とまではいきませんがかなり軽くすることを約束しましょう。司法取引のようなものです」

相澤は、微《かす》かに見えた光に縋《すが》り付くように、慌てて婚約者の香織《かおり》に電話をした。

香織は既に黎人の連絡先を消してしまっていたが、香織の友達である地方冒険者ギルドの職員から地方冒険者ギルド葛飾《かつしか》区支部に来ているという話を聞いたそうだ。

相澤は、電話の内容を神崎に伝える。

「地方冒険者ギルドですか、思ってもない場所ですが、とりあえず会わない事には話が進みませんね。後日、貴方にも謝罪の機会は作るつもりですが、先《ま》ずは私がコンタクトを取ることにしましょう。今から葛飾区支部に行ってきます！」

神崎はそう言うと東京第三支部のギルドマスターに挨拶《あいさつ》をして部屋を出て行った。

「相澤君、君は連絡があるまで自宅待機だ。これ以上何か起こさないように独断行動を禁じる」


東京第三支部のギルドマスターの言葉を聞いて、相澤は呆然《ぼうぜん》としたまま自宅へと帰ってきた。

正直、どうやって帰ってきたかも覚えていない。

どうしてこうなってしまったんだろう。

相澤は何も考えることができずに玄関で膝《ひざ》を抱えてうずくまった。

◇◆◇◆

ダンジョンから戻ってきた黎人と火蓮《かれん》が受付に成果報告に行くと、猿渡《さるわたり》さんに声をかけられた。

「春風様にお会いしたいという方が応接室でお待ちなのですがお会いになりますでしょうか？」

「俺に？　別にいいけど、先に成果報告をしてもらってもいい？」

黎人は特に断る理由もなかったので了承することにした。

「かしこまりました。それでは先に成果報告の処理をさせていただきますね！」

猿渡さんの処理がいつもより早い気がするが、いったい誰《だれ》が会いに来ているのだろう？　黎人はそんなことを考えながら成果報告を済ませると、猿渡さんに案内されて応接室に向かう。

応接室には黎人のよく知る人物が待っていた。

「春風さん！　本当に、本当に探しましたよ！　まさか、地方冒険者ギルドにいるなんて思わないじゃないですか！」

扉が開くなり黎人に駆け寄ってきてそう言ったのは、国際冒険者ギルド日本支部のサブマスターの神崎であった。

いきなりだったので黎人の隣に居た火蓮は驚いて少し仰《の》け反《ぞ》っている。

黎人は神崎の様子を見て申し訳なく思った。

考えてみれば、必死に引退を止めてくれていたのに、冒険者を辞めた後に挨拶にも行っていない。急だったから、さぞ驚いたことだろう。だからこそこうして探して会いに来てくれたのだろうが。

そういえば、《黄昏の茶会》のみんなにも引退のことを報告していないな。

まあ、あいつらは毎日ダンジョンへ行くわけじゃないし、一週間程休むことなんてザラにある。

連絡がないところを見ると神崎のように気にしていないかもしれないが、後で連絡をしておこうかな？　あ、冒険者免許証がないけどマリアなら連絡がつくか？

そんなことを考えながら、放っておくと神崎が立ったまま話の続きを始めそうだったので席に座って話をしようと提案した。

ギルドの応接室のソファに黎人と火蓮が並んで座り、その向かいに神崎が座った。

「まず初めに相澤克樹のしでかしたことへの謝罪を。管轄は違いますが同じ冒険者ギルドですので代表して私が。春風さんは大勢で謝罪に来るのは嫌がるでしょうから」

神崎が深々と頭を下げたのを見て、黎人は首を傾《かし》げた。

「相澤克樹って、誰だ？」

「なんで知らないいんですか！」

黎人の質問に、神崎はツッコミを入れた。

そうはいっても黎人は相澤の名前を聞いていない。神崎から説明されて、黎人は相澤克樹が誰なのかを理解した。そして神崎の謝罪の意味も。

しかし、黎人は謝罪を受けるようなことをされたと思っていない。

そりゃ、彼女を奪われたことは別かもしれないが、その謝罪は冒険者ギルドとは関係ない。それさえも、幸せにしてあげるために頑張ってきたが、彼女が幸せになるなら自分でなくても問題ないと考えている。

このどこか歪《いびつ》で、妙に人間味のない考え方は、黎人が子供のころに爆発《ばくはつ》的なスピードでステータスを上げて、ゲームで言うところの《ＩＮＴ》を上げてしまった副作用であった。

それ以外だと、数ヶ月足止めをくらっていた冒険者引退の手続きをしてくれただけなのである。

世間一般的な見方からすれば黎人がされた事はとても許せることでは無いのかもしれない。しかし、黎人にとっては感謝こそすれ、恨むようなことではない。

そう説明を受けた神崎は苦笑いを浮かべながら黎人にお願いをする。

「春風さん、冒険者に復帰してはもらえませんか？」

「嫌だよ、面倒くさい」

「やはり、そうですよね」

黎人の返答は予想していたようで、神崎はすぐに引き下がった。

隣で、火蓮が残念そうにしているのは何故だろうか？　と黎人は首を捻《ひね》る。

「それに、俺はブラックリスト入りしてるはずだから冒険者に復帰するのは難しいと思うぞ？」

笑いながら話す黎人の言葉を聞いた神崎は愕然《がくぜん》とした表情で声を震わせる。

「え、ちょっと待ってください！　春風さんがブラックリストに？　そんなことを誰が？　……まさか、相澤克樹が！」

そう言って鬼の形相を浮かべる神崎に黎人は手で扇《あお》ぐような仕草で否定する。

「いやいや、違うよ。ここの受付の職員が俺の高校の時の同級生でさ、冒険者に偏見が多いみたいで真面目《まじめ》に働けってここに来た初日にね。ま、俺は冒険者に復帰する気はないからこうやって復帰をお願いされた時に役に立ちそうだったから止めなかったんだけどね」

このことについても黎人は何も思ってないが、冒険者ギルドとしては相澤のことを含め胃の痛い問題であろう。

「まあ、春風さんが気にしていないならよしとしましょう。というか、そちらの方が今となっては都合がいいです。まあ、お咎《とが》めなしというわけにはいきませんが、内密に処理します。不祥事を隠して普通に引退を発表した方が世界への影響は少ないでしょうから。……まさか、ここまで考えていたわけじゃありませんよね？」

神崎の質問に黎人はニコリと笑う。

「俺は別に誰かに不幸になって欲しいわけじゃないからね、あんまり重い罰はやめてあげてよ、反省してくれりゃそれでいい。もう関《かか》わりたいわけではないけど」

「……分かりました。春風さんの意見を尊重させていただきます。しかし、それ相応の罰はないと示しが付きませんのでその辺の加減は任せてください」

ため息を吐《つ》きながら、神崎は黎人にそう言った。

「ところで、そちらのお嬢さんはどなたなんですか？」

話が終わったからなのか、神崎は黎人が連れてきた火蓮について尋ねる。

「この子は火蓮。俺の弟子だ」

「春風さんの弟子！　それは期待の星ですね！　国際冒険者ギルドはあなたの成長を待ってますよ！」

「ひゃい！」

黎人の話に、疲れた様子だった神崎は興奮気味に火蓮に話しかける。言葉の意味はAランク上級以上の冒険者になることを期待している、だろうか？

いきなり話しかけられた火蓮は驚いて反射的に返事をしている。

その後は、どうやってSSS冒険者ゼロの引退発表をするのか。

細かいところの口裏を合わせていくのであった。

◇◆◇◆

ある日、国際冒険者ギルド日本支部がSSS冒険者ゼロの引退を世界へ向けて発表した。

各国によってそのことへの反応は様々だが、概《おおむ》ね一致しているのは、ゼロの引退を嘆く声が多いという事だろう。

SSS冒険者は世界に十二人しか居らず、その十二人で世界のエネルギーの五割を供給している計算である。それ以外の冒険者で残りの五割。それだけSSS冒険者の力は偉大とされている。

しかし、世界のエネルギー供給量は魔石エネルギーの登場以降、増加の一途を辿《たど》っており、原子力や火力、太陽光などの発電方法に頼っていた時代に比べて百倍の貯蔵量と言われている。

勿論《もちろん》、技術の進歩によって消費エネルギー量も上がってはいるが、それでもとても使い切れるような貯蔵量ではない。

以前と違うのは各国が独自で発電、消費するのではなく、《賢き者達《けんじゃ》》の台頭により、国際冒険者ギルド本部が魔石エネルギーを一括管理し、各国の魔石納品量に応じて魔石エネルギーを分配するという方法を取っていることだ。

なので、日本としてはゼロの引退による魔石納品量の減少が大打撃になるが、世界的には「また惜しい冒険者が引退してしまった」程度の認識である。

そういうわけで世界的にはこの発表はすんなりと受け入れられた。

勿論、他国にもゼロの引退を不満に思った冒険者もいる。

そういった冒険者は、何か行動を起こしたとかなんとか……。

朝のテレビ番組で大々的に流れているそんなゼロ引退のニュースを見ながら黎人はまるで他人事のように味噌《みそ》汁をすすっている。

「すごいニュースになってるな」

「ほんと、他人事みたいに言いいますけどコレ師匠の事ですからね？　ま、いいですけど……」

火蓮は黎人の言葉を聞いて、呆《あき》れた様子で言葉を返した。

黎人が日本で唯一のＳＳＳ冒険者だと知って驚いた火蓮であったが、だからと言ってこの関係性が変わるというわけではない。

何かにつけて師匠はすごい人だとは思っていたので、それを知って納得といった感じである。

二人は同時に朝食の味噌汁をすする。

「お、この味噌汁美味《うま》いな」

「分かりますか？　お味噌いいやつに変えたんですよ。春キャベツも旬ですし甘みが強いです！」

火蓮がこの家の食事を作り始めた当初はごく普通の材料を使っていたのだが、美味《おい》しいと食べてもらえるのが嬉《うれ》しくて、どんどん食材がいいものにグレードアップしていっている。

私生活でも黎人の影響を受けている火蓮が、節約を頑張るのではなく、いいものが欲しいならそれだけ稼げばいい、と意識が変わってきたというのもある。

「それよりもさ、本当に今日私も行かなきゃダメ？」

「ああ。みんな俺の弟子が見たいんだとさ。大丈夫、みんな気のいい奴だからさ」

「そういうことじゃなくて！　日本最強クランの人達でしょう？　めちゃくちゃ緊張するよ」

神崎が来た後、黎人は《黄昏の茶会》のメンバーと連絡を取った。

《黄昏の茶会》のメンバーも連絡が取れなかった黎人を探していたらしく、連絡をすると電話で質問責めにあった。

メンバーの一人は黎人と共通の知り合いがいる。なのでそちらから連絡を取ってくれればよかったのだが、それを伝えた瞬間「盲点だったわ」と電話越しに落ち込む様子が分かった。それほど気が動転していたということなのだろう。

そして、今日は《黄昏の茶会》のメンバーと直接会うことになっている。

黎人は今何をしているのかと聞かれたので、弟子の面倒を見ていることを話すと、興味を持ったメンバーが沢山いて、弟子の火蓮も連れていくことになったのだ。

朝食を終え、支度《したく》を済ませると黎人と火蓮は家を出る。

火蓮は出発前まで緊張してうだうだ言っていたが、黎人に手を引かれ家を出ると、観念したのか大人しく黎人について行くのであった。

火蓮の紹介

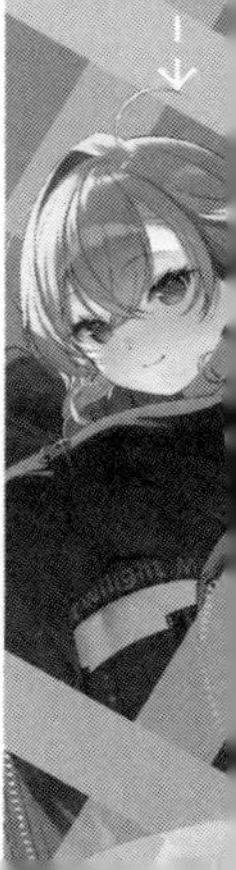

黎人《れいと》と火蓮は、《黄昏《たそがれ》の茶会《ちゃかい》》のメンバーと待ち合わせをしているお店にやって来た。《黄昏の茶会》の下部クランの一つである《星空のレストラン》が経営する店で、本日は貸し切りにしてくれている。

「ここ、いつもすごい行列になるくらい有名なお店ですよね?」

「そうなのか? 今日は貸し切りだから並ばなくても入れるぞ」

火蓮は、笑ってそう話す黎人に、このお店は予約を取らないお店で、有名人だろうと並んで食べたってSNSに載せてたはずなのに、なぜ貸し切りにできるんだろう。と考えたが、黎人だからという事にして考えるのをやめた。

黎人が扉を開けると、入り口で店員が出迎えてくれた。

「春風《はるかぜ》さん、いらっしゃいませ。そちらがお弟子さんですね、黄昏の皆さんはもうお揃《そろ》いですよ」

「まだ少し早いくらいなんだがな?」

黎人と火蓮は予約の確認もなく、顔パスで店員に挨拶《あいさつ》をされた。

黎人が店員の言葉に苦笑いで返事をすると、店員は「待ち遠しかったんですよ。なにせ坂井さんまでもう来てますから」と笑って席まで案内してくれた。

案内されたテーブルでは既に今日来る予定の《黄昏の茶会》のメンバーは揃っていた。

「待ってたで、レイ坊！　早うこっちおいいや！」

アロハシャツに室内なのに胡散くさい丸いサングラスをかけた男性、坂井五郎《ごろう》が椅子《いす》から立ち上がって黎人と火蓮を手招きした。

「お前が遅刻しないなんて珍しいじゃないか？」

「阿呆《あほ》ぅ！　レイ坊が弟子を連れてくるんやぞ？　そんなおもろいこと遅刻できるわけないやろ！　んで、その子がレイ坊の弟子か？」

坂井に視線を向けられて、緊張した火蓮が背筋を伸ばした。

「五郎さん、怖がってるじゃないですか。まずは挨拶が先でしょう？　それよりも、黎人君、私、今まで連絡が取れなくて大変だったんだけど？」

坂井の行動に口を挟み、腕を組んで黎人に苦情を言ったのは板野奈緒美《いたのなおみ》。《黄昏の茶会》のサブリーダーの女性で、クランがいきなり解散したせいで、一番大変だったであろう人物だ。

「すまんすまん。でも、俺《おれ》への連絡なら俺がしたようにマリアならなんとかできただろ？」

「ええ、あの時は本当に取り乱していたのね、あの子に頼めば貴方のお母さんに連絡ができたんだもの。それに、ウチの社員にも。ほんと、恥ずかしい限りだわ」

この中で頑張れば黎人に連絡を取る手段があった最年長者のマリア・エヴァンスが黎人の指

摘を受けてため息を吐《つ》きながら眉間に手をやり頭を振った。

「マ、マリア・エヴァンス⁉」

火蓮がマリアの姿を見て驚いたように叫んだ。

慌てて火蓮はしまったとばかりに自分の口を押さえたが、時既に遅し。テーブルのメンバーの視線を集める結果になった。

「ふふ。私のブランドの服を着てくれているのね。ありがとう」

火蓮の格好を見て、マリアがニコリと笑顔を作った。

黎人が冒険者以外にも不動産等で収入があるように、マリアは冒険者以外にブランド《twilight.M》《トワイライト・マリア》の創設者という顔があった。雑誌等にも露出のある人物なので憧《あこが》れのブランドということもあって火蓮は顔を知っていたのだ。

そんなマリアの言葉に、火蓮は息の止まる思いであった。

「ねえ、立ったまま話してないでさ、なんか頼んでからゆっくり話そうよー！　ほら、五郎も座って！」

「うぉお！」

このままだと黎人と火蓮が立ったまま話が続くと思ったのか、それとも早く何か食べたいだけなのか、坂井の隣に座っていた芽衣亜《めいあ》・ハワードがそう言うと坂井のアロハシャツを引っ張って強制的に着席させた。

「そうだな。まずは席に座ってからゆっくり話そうか。急がなくても時間はまだまだある。火蓮の紹介も、ちゃんとしないといけないしな」

坂井の悲鳴で話が途切れたので、黎人はそう言って火蓮を連れて空いている席に座る。

黎人の隣に座った火蓮は、まだ緊張しているのかいつもよりも姿勢がいい。

その様子に黎人は苦笑いで、集まった《黄昏の茶会》のメンバーに火蓮の紹介をした。

その後、火蓮にもクランメンバーの紹介をして、みんなで軽食を頼んで色々と話をする。

黎人と火蓮は朝食を食べてきたのでケーキを頼んだのだが、火蓮が一口食べた瞬間に目を輝かせて何かを訴えるように黎人の方を見た。

「美味《うま》いか？　俺の方も一口食べていいぞ？」

黎人は違う味を選んでいたので、そう言って火蓮の方に自分の皿を寄せた。

家でしていることなので自然にしたのだが、それを見た《黄昏の茶会》のメンバーは生暖かい目で二人を見ている。

「レイ坊、ほんまにただの弟子なんやろな？」

《黄昏の茶会》のメンバーが聞きたかったことを、代表して坂井が質問した。

「そうだけど、それ以外に何かあるのか？」

坂井の質問に対しての黎人の返事を聞いて、クランメンバーは皆大きなため息を吐いた。

その後は、黎人が冒険者を引退してからどうやって過ごしてきたのかを話す。

「なんや冒険者の時よりもおもろいことになっとるやないかい！」

「火蓮ちゃんも大変だねー！　でも、れい君についてけば間違いないから！　強くなったら一緒にダンジョン行こうねー！」

坂井と芽衣亜は黎人の話を聞いて合いの手を入れて盛り上がっている。

「あ、二人ともビール飲みすぎじゃない⁉　それ何杯目なの？　二十歳になってない火蓮ちゃんの前なのよ？」

既に顔の赤い坂井と芽衣亜の様子を見て、奈緒美が注意をするが、二人は大丈夫と言って止まる様子はない。

黎人の話の途中で、顔を顰《しか》めて眉間に皺《しわ》を寄せていたマリアも、お酒に手を出して優雅にスズキのカルパッチョを口に運んでいる。

「師匠、すごい人達だって聞いて緊張してましたけど、師匠よりも普通の人達ですね！」

「おい、それはどういうことだ、火蓮？」

目の前の人達がどれだけすごい冒険者だろうと、楽しそうに過ごす姿は普通の人である。

出会った頃から黎人の常識外れなところを見てきた火蓮には黎人の方が変わっているように見えた。

「がはは！　そうやで、コイツが一番変な奴《やつ》や！　日本最強やからな！」

「最強の変人かな？」

「ちょっと二人ともいい加減にしないと――――」

飲みすぎな坂井と芽衣亜に奈緒美の雷が落ちるが、店内は笑い声が響いている。

「師匠、楽しいですね！」

すっかり打ち解けた火蓮も、《黄昏の茶会》のメンバーと一緒になって笑っている。

その様子を見て、黎人は冒険者になっても火蓮は上手《うま》くやっていけそうだと確信したのであった。

軽い処分？

自宅謹慎をしていた相澤《あいざわ》は自身の職場である国家冒険者ギルド東京第三支部へ呼び出された。

数日間の話だが、謹慎中は食事も喉《のど》を通らなかったので体重が落ちて頬《ほお》がコケてきている。

そのまま行くわけにいかないので謹慎中に伸びた髭《ひげ》を綺麗《きれい》に剃《そ》り、数日ぶりにスーツを着て国家冒険者ギルド東京第三支部へ向かう。

何故《なぜ》呼び出されたのかは分かっている。

ここ数日間でSSS冒険者ゼロ引退のニュースが流れているのを何度も見た。

何も手につかない中で、自身の明暗を分けるニュースを見るためにテレビは付けっぱなしにしていた。

結果、流れたのは悪い方のニュースで、彼は冒険者に戻らなかった。

そうなると自分は責任を取らされるのだろう。

「犯罪」

ギルドマスターに言われた言葉が頭をぐるぐると回る。

これまでよくしてくれた上司も、仲良くしてくれた同僚も、慕ってくれていた部下さえも職場に出てきた相澤に声をかけてくることはなかった。

先日ギルドマスター室に呼び出されてから休んだことで、悪い噂《うわさ》でも流れているのであろう。

まあ、真実なのだけど。

相澤は、自嘲気味に笑うと、呼び出されているギルドマスター室への廊下を、まるで断頭台へ進むかのような足取りで歩いていくのであった。

相澤はギルドマスター室へと入り、背筋を伸ばして直立不動でギルドマスターが話し始めるのを待つ。

いくら落ち込んでいるとはいっても、最低限の礼儀を守らなければいけないのは分かっている。

「相澤君、君の処分についてだけどね、君のしでかしたことはゼロの温情により穏便に済ませてもらえることになった。大層な人格者なのだろう。事が明るみに出れば日本が終わると考えてのことなのだろうな、つまり事実の隠蔽だ。対外的には特に困ったことにはなっていないし、不幸になって欲しいわけではないのだとさ」

相澤は、ギルドマスターの言っていることが理解できずに混乱し、ポカンとした表情になった。

「しかし、ギルドとしては君になんの罰も与えない訳にはいかない。よって、係長の任を解く。

加えて向こう三年間の基本給の五割を減給、期末手当は支給なし。それから愛知第四支部への転勤を命ずる。以上だ。転勤時期に関しては来月の一日《いっぴ》から。それまでは有給を使わせてやるが、基本、自宅謹慎と引っ越しの準備をしなさい。有給の上限日数以上は勿論《もちろん》給料なしの徹夜になる。あと、ないとは思うが今回の事は口外禁止だ。以上！」

言われるがままギルドマスター室を退室した相澤はだんだんと言われた言葉の意味を理解していく。

ヨシ、ヨシ、ヨシ！

相澤は心の中でガッツポーズした。

三年間、役職手当がなくなって給料を半分にされたって毎月二十数万はある。香織《かおり》と共働きなら十分に暮らしていける額だ。これから同棲し始めれば家賃や生活費もお互いに出すから今より負担は少なくなるだろうし、今まで貯《た》めてきた貯金もある。しかも、事実を隠蔽ってことは俺《おれ》のキャリアに傷が付かないはず！　三年後、出世街道に戻ってやる！

相澤は、自分の都合のいいように解釈して色々と考える。

でも、このことは香織には黙っておかないとな。左遷されたでは格好がつかない。しかし、転勤が愛知で良かった。愛知第四支部がどの地域か分からないが、名古屋付近なら都会だし愛知県内なら名古屋に住んで通勤してもいいだろう。出世の前に地方で経験を積むなんてことはよくあることだ。香織にはそう言えばいい。後の問題は春風黎人《はるかぜれいと》だな。まさかアイツがゼロだったなんて。香織の気持ちが揺れないように隠し通さないとな、口外禁止なわけだし。愛知へ行ってしまえば俺の勝ちだ！　香織はお前に渡さない！

相澤は婚約者《フィアンセ》の香織に電話し、転勤のことを含め都合のいいように話をする。

転勤までの間に予定を繰り上げ香織の両親への挨拶《あいさつ》を済ませ、婚姻届けを提出し、愛知への引っ越しの準備をするのであった。

友人

火蓮《かれん》は、リビングテーブルに項垂《うなだ》れてスマホと睨《にら》めっこしている。

「どうした、かけないのか？」

「かけますよ！　かけますよ？　かけるんですから……」

黎人《れいと》の問いかけに火蓮は難しい顔をして答えた。

このやりとりも、もう三回目である。

火蓮が持っているのは、黎人が買い与えた新しいスマホである。

出会った後親に解約されたのか火蓮の元のスマホは気づいたら使えなくなっていた。

別行動をする時になくては不便なので、黎人が買い与えていたのだが、先日の《黄昏《たそがれ》の茶会《ちゃかい》》との顔合わせの時に、黎人とクランメンバーの仲良く過ごす姿を見て、友達に会いたくなったのだそうだ。

そこで、高校時代の友達で電話をかけることにしたのだが、電話をかけるまでにもうかれこれ三十分近くスマホと睨めっこしている。

理由は、電話に出てくれるのか不安であるため。

新しいスマホになり、契約者が変わっているので、データ移行をして友達の電話番号は入っているが、火蓮の電話番号が変わっている。

なのでメッセージアプリでは連絡がとれないし、誰《だれ》のか分からない番号からの着信に友達が出てくれるかも分からないのである。

それに、挨拶《あいさつ》もなしにいなくなってしまった手前、友達が電話に出たとして何を話していいのか分からないという不安もある。

もしかしたら、怒っているかもしれない。

など色々な不安が重なって、火蓮は電話をかけられずにいた。

「うん……よし」

火蓮は気合いを入れてスマホの画面をタップした。

画面が切り替わり、友達へ向けてのコールが開始される。

火蓮が息を呑《の》んで見守る中、スマホからコール音が繰り返されていく。

何回もコールが繰り返されたが、電話は取られる気配はない。

火蓮がため息を吐《つ》いて、電話を切ろうとした時、画面が切り替わり、スマホから声が聞こえてきた。

「もしもし？」

火蓮は慌ててスマホを耳に当てて、緊張して唾を飲み込んだ。

「もしもし？　あれ、悪戯《いたずら》かな？」

「あの、み、みかち？」

火蓮は、震える声で友達の宇野美嘉子《うのみかこ》のあだ名を呼んだ。

「え、その声、火蓮なの？　ちょっと待って、あんた、急に居なくなっちゃってどうしてたの！　電話も繋《つな》がんなかったのにこの番号、誰の？」

火蓮の声に気づいたようで、訝《いぶか》しんで電話を切ろうとしていた美嘉子が慌てて火蓮の名前を呼んだ。

「うん。色々あってさ。みかちに会いたいなって思って電話した。……出てくれて、良かった」

火蓮は嬉《うれ》しそうに返事をする。

「火蓮あんたね、ならもうちょっと電話かけてくる時間考えなさいよ。休み時間だから出られたけど、もうちょっと遅かったら授業始まってたわよ？」

「あ、そっか。ごめん、考えてなかった」

火蓮は既に学校へ行くという意識が抜け落ちていたが、普通の高校生は今の時間は学校である。

「まあいいわ。もう授業始まっちゃうから学校終わったら私から電話かけるね？　この電話番号でいいの？」

「うん。これ、私の新しい番号だから」

「分かった。じゃあ、また後でね」

「うん」

電話が終わって、火蓮はゆっくりと息を吐いた。電話をかける前の不安そうな顔はどこへやら。嬉しそうに口角が上がっていた。

「よかったな」

火蓮の顔を見て上手《うま》くいったのだと悟った黎人が声をかけた。

「はい。また後からかけてくれるみたいです。学校があるの忘れてました」

火蓮は嬉しそうな苦笑いで黎人に報告した。

「そうか。でも、それなら悩んでた意味があったな。悩んでなかったら授業中で出られなかったかもしれないだろ？　そしたら諦《あきら》めてたかもしれない」

「は！　そうですよね、よかったぁ」

気が抜けたのか、火蓮は机に突っ伏した。

その日の午後は、黎人の家ではずっと火蓮の鼻歌が聞こえていた。

◇◆◇◆

「それじゃあ師匠、行ってきます！」

「ああ。お金は好きなだけ使っていいから、楽しんでおいで。友達の分も出してあげるといい」

「はい！　ありがとうございます！」

火蓮は電話で友達と連絡を取った結果、休みの日に遊ぶことになったのであった。

高校生のお出かけなので、気兼ねなく黎人の言葉に甘えることにする。

黎人に見送られて、火蓮はエレベーターに乗って家を出た。

火蓮が待ち合わせの場所に着くと、宇野美嘉子は既に待っていた。

今日も相変わらずお洒落《しゃれ》だと火蓮は思う。今日会う四人が仲良くなったきっかけは、ジャンルは違うがファッションが好きだったからで、美嘉子は火蓮のギャルっぽい感じとは違う、黒髪ロングヘアの大人っぽいキレイめなファッションである。

「火蓮、久しぶり〜！」

「みかち！」

火蓮は美嘉子に手を振って近づいた。

「ゆきっぺと千晶《ちあき》はまだ来てないよ。ねえ、火蓮の服《twilight.M.A》《トワイライト・マリア・アパレル》じゃないの？　どうしたのよそれ。まさかあんた、怪しいバイトでもしてんじゃないでしょうね？」

「違うよ！」

火蓮は慌てて否定した。普段着として着慣れてきたが、普通ならこの《twilight.M.A》の服は高校生には手が出ない憧《あこが》れの服なのである。

「そうよね、そういうのは軽蔑《けいべつ》してたもんね」

美嘉子は苦笑いで安心した様子である。

「色々あったんだよ。これから話すけどさ――」

「二人とも早いね～！」

「オスオス～！」

「ゆきっぺ、千晶久しぶり～！」

火蓮が話そうとした時、残りの仲のいい友達である稲見美雪《いなみみゆき》、山下《やました》千晶も合流して今日遊ぶメンバーが揃《そろ》った。

「聞きたいことも話したいことも山ほどあるけどさ、とりあえず何処《どこ》か入らない？」

「賛成！」

美嘉子の提案に千晶が手を挙げて応える。

「はい！　ちーはナゲットが食べたいです！」

「いいね～、私も期間限定のやつ食べたかったところなんだよね」

火蓮はこの感じがとても懐かしく、心地よく感じる。

「それじゃ、いつもの所に行こ！」

「学校の近くまで行かなくたってこの近くにあるじゃない、しかもカフェき」

「「賛成～！」」

すぐに行き先は決定した。

大手ハンバーガーチェーン店で、学生が学校帰りに寄って話すにはリーズナブルな値段でちょうどいい行きつけの所である。

「今日は私の奢《おご》り。後で話すんだけど、みんなと楽しんでおいでって軍資金もらってます！」

「え～やっアダぁ！」

火蓮の言葉に喜んだ千晶が美嘉子に頭を叩《はた》かれた。

「そんなのいいよ。私らも持ってきてるし、気ぃ使わないで」

「じゃあ、話を聞いた後で追加注文が欲しかったら言ってよね？」

火蓮は、黎人の厚意を無にしないように提案したが、流石《さすが》に説明前に納得させることはできないようだ。

最近行くところは後払いのお店ばっかりだったので忘れていたが、自分達のいくような場所は大体の所が前払い。というか購入してから席で食べるタイプのお店である。

久々に会った友達にいきなり奢るとか言われたら怪しいよね。と火蓮は苦笑いしながら思った。

それぞれ商品を購入して、席に座る。

「それで、火蓮の話を聞こうじゃないの」

「今まで何しとったん?」

美嘉子と美雪が火蓮に質問をする隣で、千晶が大きな口を開けて期間限定のハンバーガーに齧《かじ》り付いている。

火蓮もポテトを一つ摘《つま》んで、時間が経《た》ってしなしなポテトの塩味の効いたジャンキーな味を懐かしく思いながら、三人に両親が居なくなってから今日までのことを話し出す。

最初両親が蒸発した話で「ちょっと待って、いきなり重くない?」「火蓮、大変だったんだね」から始まり、師匠《黎人》と出会ったところで「ちょっと待ちなさい。その人怪しい人じゃなかったの?」などツッコミどころの多い展開に話が進まなかったので、とりあえず何も言わずに今までの話を聞いてもらうことにした。

「すごいことになってたんだね」

千晶の食事の手もいつの間にか止まっていて、口元にソースを付けながらそう言った。

少しだけ、空気が暗くなった気がしたので、火蓮はパンと手のひらを叩《たた》く。

「辛《つら》い事もあったけど、それよりすごくて楽しいことも沢山あったよ」

火蓮の作る笑顔は心からのもので、それを見た美嘉子達はほっとした様子である。

「でも、こんなこと言うのはあれだけどさ、少しだけ羨《うらや》ましいこともあるよね。火蓮はもう目標を見つけたんだ。私みたいになんとなく目標もないまま学生して、大学進学かと思ってる人間とは違う」

身に着けているファッションもそうだが、考え方も大人な美嘉子がそう言った。

「みかちはファッションデザイナーになりたいんでしょ？　そっち系の専門学校とかじゃないの？」

火蓮が学校へ行っていた頃はそう言っていたので、疑問に思って質問する。

「親と喧嘩《けんか》したんだよね、美嘉子は」

「うん。それでどうしたらいいのか分かんなくなった。親の言ってることも分かるしさ」

美嘉子の話は、進路の話になった時、親は美嘉子の夢であるファッションデザイナーを否定したというものであった。

ファッションデザイナーとして有名になれるのは一握りで、それ以外は挫折が待っている。だから、大学を出てちゃんとしたお給料をもらえる仕事に就きなさいということらしい。それも、公務員が望ましいとのこと。

「でも美嘉子はまだ頭いいからいいじゃん。ちーとゆきっぺなんか大学行けるかどうか分かんないよ～！」

「千晶と一緒にしないでくれる？」

「ええ！　ゆきっぺは勉強できないと思ってたのにぃ！」

クスリと火蓮は笑った。

千晶と美雪のこのやりとりは学生時代いつものことで慣れていたはずなのに。

笑い始めてしまうと止めることができなくて、火蓮は大きな声で笑った。

「そんなに笑うとこだった？」

「ううん。すごく懐かしい感じがして、楽しくて笑っちゃった」

楽しそうにする火蓮につられて、他の三人も笑顔になる。

「それとね、そんなみんなの悩みを解決する耳寄りな情報がありまして」

火蓮は美嘉子の悩みに似た、将来は安定した暮らしができるようにした方がいいのだろうか？　という話を黎人にしたことがある。

その時の話を、火蓮はみんなにする。

「え！　冒険者って賢くなれるの！」

火蓮の話に一番食いついたのは、勉強が苦手な千晶であった。

「うん。ステータスの《ＩＮＴ》が上がれば勉強する時の記憶力とか考える能力とかが上がるから。海外では高校でダンジョンへ行って魔石を吸収する授業がある学校もあるらしいよ」

「なにそれ！　最高じゃん！　ちーもダンジョン行きたい！」

千晶は火蓮の話を聞いて、ダンジョンに興味を示した。

「私は難しいかな。親が冒険者になるのは許可してくれないだろうし」

「私の家もかな。ほら、冒険者のイメージって良くないからウチの親は世間体を気にするだろうし」

日本では、冒険者への印象が良くない。

それが冒険者後進国と呼ばれる所以《ゆえん》でもある。

火蓮は運良く黎人と出会い、冒険者の良いところばかり見てきたが、世間では低ランクの粗暴な冒険者が起こした事件のニュースが目立つ。

そういった事件を起こすのは冒険者とはいえない、冒険者で食べていけないような人間だ。

ただし、冒険者免許を持っていれば「冒険者」の肩書きがニュースで流れるため、世間では冒険者を嫌う人間も多いのだ。

今報道されている冒険者ゼロ引退のニュースは経済的なニュースの扱いであり、興味のない人間の方が多い。自分達の生活のためのエネルギーを冒険者が支えているという意識はないのだ。

冒険者ゼロの引退のニュースは連日報じられているが、一般人からすれば、それよりも興味のある芸能人の結婚や熱愛、不倫スキャンダルなんかが流れればそちらにかき消されてしまうだろう。

そんな扱いなので、美嘉子達は親を説得できないと思い、冒険者になるのは難しいと言ったのであった。

しかし、それに対して火蓮は、耳寄りな情報がありますよとばかりに笑顔で三人に話す。

「別に冒険者になる必要はないいんだよ。Ｇクラスダンジョンなら冒険者じゃなくても入れるし、魔石を吸収すればステータスは上がるんだから。私も、まだ冒険者免許は持ってないしね」

火蓮の話に、三人は驚いている。火蓮のダンジョンの話を聞いて、既に冒険者免許を取ったのだと思っていたからだ。

「それじゃ、ちーも魔石チートで賢くなれる?」

「魔石チートってあんたね。でも、ダンジョンって危ないんでしょ? 私らまであんたの師匠にお世話になるわけにはいかないんだからさ」

美嘉子は、苦笑いで現実的な話をする。

「それじゃあさ、火蓮が冒険者になったら私らの師匠になってよ!」

「え、ええ⁉」

美雪の提案に、驚きで火蓮は大きな声を上げた。

「初心者の火蓮でも今はダンジョン探索できてるんでしょ? 本当はすぐに師匠になって案内してくれても大丈夫かも知れないけど、火蓮も冒険者になるまで師匠に教えてもらってる立場だろうし、冒険者になったら私達三人をダンジョンに連れて行ってよ」

美雪は笑顔で火蓮に提案の補足をする。

「それいいね。冒険者になった火蓮に面倒見てもらえるなら安心だ!」

美嘉子も、美雪の意見に乗っかって火蓮に笑いかける。

「うん、頑張る!」

火蓮は、自分が教える立場になるのを想像して、緊張した様子で了承した。

「ちーの受験に間に合うように、早めに冒険者になってね、火蓮!」

「が、頑張る」

千晶のお願いに、火蓮は帰ったら黎人に相談しようと思う。

「千晶、魔石チートがあるから勉強の手を抜いていいわけじゃないからね?」

「う〜、分かってるよ〜!」

「その反応は、手を抜こうとしてたね」

千晶は、美嘉子と美雪に図星をつかれて責められタジタジである。

火蓮の、黎人と過ごす時とはまた違った楽しい時間は、こうして過ぎていくのであった。

謝罪

火蓮《かれん》の友達は受験生で、休みの日なのに塾等があって早めのお開きになった。

まだ夕方なので、火蓮はウィンドウショッピングでも楽しもうかと一人で街を歩いていると、一人の女性が泣き崩れていた。

その女性の服装は地方冒険者ギルドの職員の制服で、涙でメイクがぐしゃぐしゃになっているが、火蓮の知っている人物だということが分かった。

葛飾《かつしか》区支部の職員で、火蓮が初めて冒険者ギルドへ行った日に黎人《れいと》を馬鹿《ばか》にして、火蓮に冒険者になるのはやめた方がいいと勧めた受付の人であった。

泣き崩れ、周りから忌避の目で見られ、避けられるその姿が、初めて黎人に会った日の公園で泣いている自分に重なって見えて、火蓮は無意識に声をかけてしまった。

「そんなとこで泣いてたら邪魔になるよ？」

声をかけられたことに反応して火蓮を見た女性の瞳《ひとみ》の奥にある絶望が放っておけなくて、火蓮は女性の腕を掴《つか》み強引《ごういん》に立たせる。

「話を聞いてあげるから、とりあえずカフェにでも入ろっか？」

火蓮の口から出たのはそんな言葉だった。

カフェに入って話を聞くと、どうやら黎人をブラックリストに入れたことがバレて、冒険者ギルドを自主退職するように追い込まれているらしい。

まったく自業自得と言うしかない状況に、火蓮は呆《あき》れてため息を吐《つ》いた。

しかし、彼女、清水瑞希《しみずみずき》というらしいが、瑞希が最初に火蓮に冒険者になるのをやめた方がいいと言ったのは、善意からのことだったのであろう。

だからこそ、公務員の職を辞めることにここまで絶望しているのだ。

黎人をブラックリストに入れたのも、馬鹿なことではあるが、善意での行動だったのかもしれない。本当に、馬鹿ではあるが。

火蓮も黎人に会っていなければ、自分の価値観を変えることはできなかったであろう。だから、瑞希があの日、善意で火蓮が冒険者になることを否定してくれたように、今度は火蓮が善意で公務員にしがみつく瑞希のことを否定してあげようと思う。

火蓮が口を開こうとしたとき、二人に声がかけられた。

「瑞希、大丈夫？　あの、私、その子の友達なんだけど――」

声をかけてきたのは、瑞希の友達の伊藤雫《いとうしずく》という女性であった。

どうやら、瑞希は火蓮に声をかけられる前に雫に電話していたようである。

雫は電話越しに泣き崩れている瑞希を心配して、ＧＰＳを頼りに慌てて駆け付けたようである。

火蓮はそれを聞いて「いい友達持ってんじゃん」と小さな声で呟いた。あの時の火蓮とは違って、助けを求める友達がいたのだ。

いや、あの時の自分は助けを求めなかっただけなのだけど。

火蓮はそう心の中で自嘲しながら、自分が助けなくても大丈夫そうではあるが、一度手を差し伸べた手前放っておくことはできなかった。

駆け付けた雫にも事情を説明すると、雫は「何やってんのよ」と盛大なため息を吐いて頭を振った。

雫へ説明が終わり、火蓮は瑞希に先ほどの続きを話し始める。

「あんた、なんでそこまでして公務員にしがみつきたいの？」

「ふぇ？」

火蓮の質問に、雫の隣で俯《うつむ》いていた瑞希は顔を上げる。

そして、鼻水をすすりながら、ぽつぽつと火蓮の質問に答え始める。

「お母さんとお父さんおじいちゃんもおばあちゃんも、私みたいな馬鹿が公務員になれたのをすごく喜んでくれたんだ。公務員になったら食いっぱぐれない安定した職業だからって。だから、辞めちゃったらみんなすごく悲しむんじゃないかって、そう思って……」

話を聞いて、火蓮は瑞希はやはり悪い人ではないのだと感じた。馬鹿だけど、純粋な人なのだろう。

「それって、みんな応援してたあんたの頑張った結果が出たことを嬉《うれ》しく思ったんだと思うよ？」

「え？」

瑞希は、火蓮の言葉の意味を理解できていないようで、惚《ほう》けた声を発した。

「たくさん頑張ったんでしょ？　公務員になったのを喜んだのは、あんたの将来のことを安心したからじゃないかな」

「そうなのかな？」

「たぶんね。だから、あんたが今苦しんでるところを見て、それでも公務員を続けろとか言わないんじゃない？　まあ、あんたの親のこと知らないからこれが正解か分かんないけどさ」

「うん……」

火蓮の話を聞いて、瑞希は鼻水をすすりながらも涙は止まっている。

一緒に話を聞いていた雫も「私もそう思うな」と火蓮の意見を肯定した。

「師匠の言葉だけどさ、安定はそんなにいいもんじゃないんだよ？」

火蓮は、初日にダンジョンで黎人に聞いた話を瑞希に聞かせた。

思ってもみなかった内容なのか、口を開けて驚いている。師匠の冒険者の時の月給が二十億だなんて、想像もしてなかったんだろうな。

隣で雫も口元を押さえて驚いていることから、雫も黎人のことを知っているのだろうと火蓮は思った。

「安定ってのはさ、変わらないってことなんだよ。あんたの安定は終わった。ここからは落ちるだけ。だったら、公務員にしがみつくんじゃなくて、もっと上を目指してみたら？　あんたが私にやめろと言った冒険者は、頑張れば公務員なんかよりはるかに稼げる仕事だよ？　あんたがまた頑張るなら、応援してくれる人はいるんだろうしさ」

火蓮はそう言って雫の方を見る。

その間、火蓮の言葉を瑞希は黙って考えているようだ。冒険者ギルドで働いていたのだ、冒険者が危険なことは分かっているのだろう。即決できるものでもないのだろう。

考えている瑞希の背中を押すように、雫が話し始める。

「瑞希、私もね、大学で垢抜《あかぬ》けて、チヤホヤされてさ、世間から見たら良い会社に就職したけどね、入ってみたら超ブラックで精神ガリガリ削られてさ、この前も、セクハラもされるしもううんざりしてるんだ。ねえ瑞希、私も仕事辞める！　だからさ、私と一緒に冒険者やらない？　私、柊《ひいらぎ》さんの話聞いたら冒険者で一攫千金《いっかくせんきん》目指したくなっちゃった」

雫はそんな風に笑顔で瑞希を誘った。

半分は本当のことかもしれないが、もう半分は瑞希のことを思っての行動だろうと火蓮は感じた。

先ほど話した感じでは、しっかりした印象を受けたからだ。

瑞希もその言葉に目を見開いて雫の方へ振り向いて驚いている。

「嫌なことリセットしてさ、二人で頑張ろうよ？」

「うん……ありがとぅ……」

瑞希はまた涙声だけど、しっかりと返事をして、雫に抱き着いた。

「瑞希、あんた、絶対鼻水つけないでよね？」

急に瑞希に抱き着かれた雫は叫ぶ。

火蓮はそれを見て、自分にとっての黎人のような存在が、瑞希にとっては雫なんだろうと思った。

「瑞希、新しい一歩を踏み出す前に、黎人君に謝りにいかないといけないと思うの」

「別に師匠は気にしてないと思うよ？　逆に迷惑に思うかも」

雫の言葉を聞いて、火蓮は黎人を見ていて思ったことを口にする。

「そうかもしれないね。でも、自己満足なのかもしれないけど、悪いことをした自覚ができたら謝らないと、人は成長できないと思うの。だから柊さん、仲介頼めないかな？　春風《はるかぜ》君には迷惑かもしれないけど……」

火蓮にも雫の言っていることは理解できた。雫は、本当にしっかりした人だと思う。

「分かった。いいよ、仲介してあげる」

火蓮は、二人が前を向くのに協力するため、黎人へ電話をかけるのであった。

◇◆◇◆

黎人に火蓮から連絡があった。

今日は友達に久々に会いに行ったはずなのに、どうしてそうなったのか、黎人の高校時代の同級生の清水瑞希と伊藤雫を連れて来たいのだと言う。

事情を聞くと、黎人にはどうでもいいことで、謝罪というのも要らないので普段であれば断っているだろう。

しかし、今回の話は火蓮の成長が分かる話だったため、黎人は火蓮のために謝罪を受けることにしたのであった。

黎人の家にやって来た瑞希と雫は、黎人の向かいのソファに借りてきた猫のように大人しく座っている。

緊張しているのか、表情は固く、腫《は》れた瞼《まぶた》でしゅんと落ち込んだ様子の瑞希の手を、雫がギュッと握っている。

「は、春風君、久しぶりよね」

「ああ、そうだな。委員長は元気だったか？」

雫が黎人に挨拶をしたので黎人も社交辞令な応答をする。

雫は高校時代にクラス委員長をしていたので黎人は委員長と呼んだ。

本当は、瑞希と同じように名前を覚えていないのだが、高校時代もそう呼んでいた気がするので大丈夫であろう。

「もうクラス委員長じゃないから伊藤か雫でいいよ。でも、すごいお家ね」

「まあ、頑張ったからな」

対する雫の緊張の理由はこの家のせいであった。

想像していたよりも遥《はる》かに上の豪邸に萎縮してしまったのである。高そうな調度品に案内されたソファも高そうなので座らず腰を浮かせていようか迷ったほどであった。

実際は、体力的にそんなことなどできないのだが。

「春風、ごめんなさい！」

意を決した様子の瑞希が、黎人に謝罪をした。

「別に謝る必要はないよ。俺《おれ》は辞めたかった冒険者を辞められただけ。ブラックリストも気にしていないどころか助かったくらいだ」

ある程度火蓮から話を聞いている黎人は、瑞希の短い謝罪の言葉で言いたいことを理解する。

短い言葉だが、瑞希の態度から心からの謝罪だということは分かる。

しかし、黎人は謝罪を受け取らず、気にしていないと言った。

その返事に、瑞希は不安そうな顔を作る。

「だけど……」

「謝罪は受け取らないよ。謝って許されるとかそんなことではないからね。君のしたことは世間的に言えば悪いことで、謝って終わりじゃない。悪いことをしたと思うなら、それを忘れないように、繰り返さないようにずっと背負って生きるんだ」

黎人が謝罪を受け取らないのは謝って終わりにしないため。瑞希は自分の失敗を背負うことでこれから成長していかなければいけないから。

「うん」

「ならこの話は終わりだ。俺の話を聞いて、お前がどうするのかはお前次第だ」

「うん」

黎人の言葉を聞いて、瑞希は真剣に頷《うなず》いた。

火蓮のためとはいえ、関《かか》わったからには前を向かせてあげるのは、黎人の優しさであった。

「二人は冒険者になるんだって？　なら初めの内《うち》は稼ぎは少ないし、世間一般のイメージ通り底辺の稼ぎだから一足飛びに稼ごうなんて思うなよ？　火蓮にも言ってるけどな、無理に稼ごうとして怪我《けが》をすれば収入はなくなる。初めは魔石をしっかり吸収してステータスを上げて、魔物を楽に倒せるような余裕を作るんだ。死んだらそこで終わりだからな。下手《へた》に他人と組んで、人数を増やすのも良くない。信用できない人間は不和を生む。まぁ、二人なら信頼し合ってるみたいだしいいんじゃないか？　冒険者に限らず、悪い人間は居るからな、それを見極めろ。堅実に、一歩一歩進め！　それが俺からのアドバイスかな。俺が二人にこれ以上何か教えることはないけど、頑張るといい」

瑞希と雫は、黎人のアドバイスを真剣に聞いていた。

話が終わるとマンションの下まで二人を火蓮が送っていった。

戻ってきた火蓮は黎人にお礼を言った。

「別に火蓮が礼を言うことじゃないだろ？」

「でも、私のお願いを聞いてくれたから」

火蓮の言葉に黎人は苦笑いだ。ステータスが上がったおかげか、なにか鋭くなった気がする。

「それとね、友達と会ってお話ししたんだけどね！」

「ちょっと待て。その話はゆっくり聞くからコーヒーでも入れようか？」

真面目《まじめ》な話が終わった後は火蓮の久々に会った友達との楽しかった話を沢山聞くことになる。

その中で、火蓮が師匠になる話が出てきて黎人は苦笑いなのだが、師匠とはいかないまでも、ステータスを上げて将来に活かすのはいい考えである。

火蓮にはまだ他人と連携した戦い方は教えていない。

黎人は火蓮が友達とダンジョン探索ができるようになるために、どう指導しようか計画を立てながら火蓮の話を聞くのであった。

閑話・良いことと悪いことのバランス

やっぱり、克樹《かつき》さんを選んでよかった。

こんなにスムーズに両親の顔合わせも終わって、もうすぐ同棲も始める予定だ。

私の不安を解消してくれた、私の大好きな人。

今思うと、どうして黎人《れいと》のことが好きだったのかよく分からなくなる。

確かに、私の事を最優先してくれて、一途だったけど。

克樹さんが言うように、どれだけ思っていても幸せそうな周りを見ていれば愛は冷めていく。

職場の同僚がみんな結婚していく中、定職にもついてくれず、まるで学生の時のままの黎人が何を考えているか分からずに不安だった。

最後、プロポーズしようとしてくれてたみたいだから考えてはくれてたんだろうけど、冒険者なんて底辺の仕事のままではやっぱり無理だ。

そのころには、私の気持ちは克樹さんのもとに在った。自分に惚《ほ》れさせてみせるって言った克樹さんの言葉は本当だった。

初めは黎人のことに否定的で、嫌なことばかり言う人だと思ったけど、私を思って現実を教えてくれていただけだった。

今では、そんな知的なところにも惹《ひ》かれている。

こんな話を職場でしたら怒られるだろうか？

でも、この職場で結婚するのは私が最後だし、少しくらい惚気《のろけ》たっていいよね。

でも、克樹さんの転勤について行くからお仕事辞めないといけないのかな？

せっかく憧《あこが》れていた《twilight.M《トワイライト・マリア》》にアパレル部門とはいえ就職できたんだし、名古屋にも店舗はあるはずだから転勤できないかな？

これを機に憧れのジュエリー部門やブライダル部門に配属換えとかなってくれたら嬉《うれ》しいのに！

でもとりあえず、転勤願いを出さないとね！

田所香織《たどころかおり》はそんなことを考えながら職場の百貨店の中にある《twilight.M.A《トワイライト・マリア・アパレル》》に出勤する。

「おはようございます！」

香織が挨拶《あいさつ》をすると他のスタッフは少し緊張した様子であった。

「香織、あんた何したの？」

一番年が近くて仲のいいスタッフがそう質問してくるが、香織は何を言っているのか分からずに首を傾《かし》げた。

「マリア様が来てるのよ！」

「え、うそ！」

マリア様とは、この《twilight.M》ブランドのオーナーであるマリア・エヴァンスの事で、雑誌などに写るマリア・エヴァンスの四十歳を超えているとは思えない二十代のような美貌に、ファンの間では《マリア様》と呼ばれている。

「しかも、香織をご指名だって。何したのよ?」

「ええ?」

「あれじゃない。香織ちゃんって顔は美人だしスタイルもいいし、今度ファッションショーする時とか雑誌に掲載される時のモデルのスカウトだったりして～?」

少し年上の、別のスタッフが話に参加してきた。

その話の内容に、香織は満更でもないよう雰囲気で話す。

「でも、私結婚決まったところで彼が転勤だから愛知に転勤願いを出そうと思っていたところで──」

「そんなの、撮影の時とかショーの時だけ東京に来ればいいわよ。交通費は出るでしょ」

こんな話で盛り上がれるのも、お店の開店前だからである。

「田所さん、オーナーがお呼びです。一緒に来てもらえますか?」

「は、はい！」

店長が呼びに来て、香織は期待に胸を膨らませながらオーナーであるマリア・エヴァンスの所へ向かうのであった。

店長に連れられて香織はマリアが待つ部屋へとやって来た。

部屋の空気は、香織が想像していたものとは違って重たいものであった。

「そう。あなたが香織さんね」

「は、はい」

マリアの言葉に、香織は緊張しながら返事をした。

透き通る金色の髪を上品に結い上げ、twilight.Mの服を綺麗《きれい》に着こなした憧れの女性。マリア・エヴァンスを見て美しいと思った。

「私が今日ここに来たのはね、あなたの顔を見てクビを宣告するためよ」

「え？」

「あなたがtwilight.Mで働けていたのはある人のお陰なのに、その子を裏切るなんてね」

「え？　待ってください。何かの間違い、人違いではありませんか？　私は――」

「もういいわ。出て行ってちょうだい。分かっていないなんて、救いようもないわ」

言い訳を口にする香織を、店長が無理矢理部屋の外へ連れ出していく。

部屋に残ったマリアは、外の景色を見ながら、ため息を吐《つ》いた。

「こんなこと、あの子は望んでいないのでしょうけど、私の大事な家族を裏切ったアレを私の店で働かせておくなんてできないわ。ごめんなさいね」

マリアの自責の言葉は、誰《だれ》にも聞かれることはなかった。

職場を追い出された香織は、トボトボと歩いていた。

勘違いでマリア・エヴァンスに嫌われたことがただ悲しかった。

仕事をクビになったことは、愛知に転勤できなければ辞めるつもりだったので少し残念だが、大した事では無い。

仕事を辞めても《twilight.M》ブランドの商品が買えなくなるわけではないのだから。

だけど、このクビのこともそうだけど、良いことがあれば悪いことも起こってバランスを取ろうとするのね。

高校からの付き合いだった雫《しずく》と瑞希《みずき》とも喧嘩《けんか》別れしちゃった。

だって、二人がいきなり電話してきて、今から黎人《れいと》に謝りに行こうなんて誘ってくるんだもの。

確かに、克樹さんを選んだのは悪いことをしたけど、あれはいつまでも冒険者なんかして私のことを考えてくれなかった黎人も悪いのよ！

むしゃくしゃした気持ちを落ち着かせようと、コーヒーショップでドリンクを買って一息つく。

「確かに悪いこともあったけど、これからは幸せが待っているのよ。憧れの新婚生活。どうせ愛知に引っ越しするんだし、向こうで新しい友達もできるわよね？」

こうして香織は、職と友人を失って相澤《あいざわ》克樹と一緒に愛知へ引っ越していくのであった。

　友達と再会した後の火蓮《かれん》のやる気はすごいもので、日々友達の師匠になるために頑張っている。

　黎人《れいと》も、火蓮の気持ちを聞いて、ただ冒険者になるための指導だけではなく、複数人でダンジョンを探索するためのコツを教えたりもしていた。

「おお、壁だ！」

　順調に成長した火蓮は、Gクラスダンジョン《木こりの原っぱ》の一番奥にある壁へとたどり着いた。

　フィールド《平屋》型ダンジョンの作りはフラットアースのような作りをしており、ここ《木こりの原っぱ》は端が断崖絶壁の壁になっている。

　天まで続く壁を見上げている火蓮に黎人が声をかけた。

「ついに火蓮もここまで来られたな。もう少し頑張ってステータスを上げたら、冒険者免許の取得申請をしようか。本当はもう冒険者免許を取れる実力はあるけど、友達とダンジョン探索をするためにはもうちょっと余裕が欲しいからな。他人との連携も教え始めたばかりだし、友達に怪我《けが》をさせるわけにはいかないもんな」

「うん。絶対に怪我《けが》なんてさせない。師匠が私に怪我なんてさせなかったように、頑張る！それに、あの四ツ目も倒せるようになるんだから！」

崖を見上げていた火蓮が意志のこもった目をして黎人に振り向いた。

「それじゃ、時間が来るまでこの辺りの魔物を狩り続けるか？」

「うん！」

Gクラスダンジョンに来る入場者でここまで来る人はめったにいない。なので魔物は狩り放題で、火蓮のステータスアップの効率はよくなるのであった。

そして、黎人と連携を取っての戦闘にも慣れた頃。ついに火蓮は黎人から冒険者免許を取る許可をもらった。

これまでずっと吸収してきた魔石を納品に回して規定個数の納品さえ完了すればステータスは問題ない。

本来、冒険者免許を取るためにGクラスダンジョンにここまで通い詰める人など居ないのだ。Gクラスダンジョンの真ん中くらいの魔物が倒せるようなステータスがあれば、Fクラスダンジョンに行っても入り口付近であれば危なげなくやっていける。

火蓮が到達している一番奥の壁付近の魔物ならFクラスダンジョンの入り口よりも強い魔物であったりする。

勿論《もちろん》、Fクラスダンジョンからは人型で武器を持った魔物が現れるため一概には言えないが、通常ダンジョンの入り口の魔物は一つ下のクラスの最奥地の魔物よりも弱い。

だから安全にダンジョン探索をするなら一つ下のダンジョンの完全攻略が望ましい。

ただ魔石に関しては、入り口の弱い魔物であろうともクラスが上のダンジョンの方が買取額が高い。

なので完全攻略前に次のダンジョンに行ってしまう冒険者が多いのが現状であった。

なので火蓮はステータス検査を心配する必要などなく、魔石納品ノルマさえ達成できれば冒険者免許をもらうための書類を発行してもらえる。

「春風《はるかぜ》様、柊《ひいらぎ》様、おかえりなさいませ。成果報告でしょうか？」

黎人と火蓮が受付にやってくると、冒険者ギルド職員の猿渡《さるわたり》さんが声をかけてくれた。

それに対して、火蓮は嬉《うれ》しそうに返事をする。

「猿渡さん、今日は魔石を納品して冒険者免許の書類をもらいに来ました！」

「おめでとうございます。それでは魔石納品の確認とステータス検査をさせていただきます」

一気に大量の魔石の納品であるが、普段から黎人達が持ち帰る量は多いので、猿渡さんは慣れた様子で手続きをしてくれる。

先に魔石を納品して、ステータス検査は別室で行われた。問題なく検査は終わり、受付に戻って来ると、猿渡さんから冒険者免許交付についての説明を受ける。

「柊様、おめでとうございます。冒険者推薦書を発行しますので、その間にこれからのことを説明させていただきます。冒険者推薦書を持って国家冒険者ギルドに行っていただきますと、冒険者免許証が発行され、柊様は晴れて冒険者となります。冒険者免許証と一緒に『冒険者のすすめ』という冊子が配付されますのでそちらで冒険者としてのルールをご確認ください。まあ、柊様には春風様がいらっしゃいますから大丈夫かとは思いますけどね」

猿渡さんが説明を終えるのと同時に他の職員が書類を持って来て、猿渡さんに渡した。

「こちらが冒険者推薦書ですね。こちらの書類は有効期限が一年ですので、それまでに冒険者免許証を取得していただきますようにお願いします。また、書類をなくされますと、再発行の際はまた魔石を集め直していただくことになりますので、大切に保管してください。それでは、これから冒険者としてご活躍されることを応援しております」

「ありがとうございます！」

火蓮は猿渡さんの説明を真剣に聞いた後、書類を受け取ってお礼を言った。

「これで柊様もGクラスダンジョンを卒業ですか。嬉しいことですが、寂《さび》しくもありますね」

猿渡さんは嬉しそうに冒険者推薦の書類を見つめる火蓮に話しかけた。

よく受付を担当してくれていたので、送り出すような気持ちがあるのであろう。

しかし、火蓮は猿渡さんに笑顔で顔を横に振る。

「まだだよ。私は四つ目を倒しに強くなってまたここに戻って来るからね！」

「四つ目、ですか？」

ギルド職員はダンジョンに入るわけではないので、猿渡さんは中にいる徘徊《はいかい》型のボスがどういった姿なのかは知らないようで、首を傾《かし》げ黎人の方を見る。

黎人は火蓮に代わって分かりやすく説明をする。

「一度徘徊型のボスに遭遇してね、火蓮は手も足も出なかったことを悔しがって、強くなって倒すと張り切っているんだよ」

「徘徊型のボス！　あれはGクラスダンジョンに居てもEクラスの強さと言われていますし、こちらから手を出さなければ襲って来ませんので回避推奨なのですけどね。まあ、春風様が居れば問題なかったのでしょうが……」

苦笑いで話す黎人の言葉に猿渡さんは驚いた様子でやんわりと注意をした。

神崎《かんざき》サブマスターが来た時に黎人の事情を聞いていたので、その辺りの危険は大丈夫なのだと思ってくれているのだろう。

「それに、友達のステータスアップのためにたまに通うので、これからもよろしくお願いします！」

笑顔でそう言う火蓮に、猿渡さんも笑顔を向ける。

「はい。いつでもいらしてください」

こうして無事に冒険者推薦書をもらい、火蓮は冒険者免許を取る準備が整ったのであった。

◇◆◇◆

ギルドからの帰り道、火蓮は先程もらった冒険者推薦書を見てニヤニヤしながら歩いていた。

「いつまでそれを見てニヤニヤしてるんだ？　ちゃんと前見て歩かないと危ないぞ。それに、これからが本番だぞ？」

「いーじゃん、別に！　嬉しいんだからさ！」

黎人に注意された火蓮は、弛《ゆる》んだ顔で文句を言う。

「嬉しいのは分かったから。前見て歩かないと危ないのは別だろ？」

「うー、分かってますよ！」

火蓮は名残《なごり》惜しそうに大切に両手で冒険者推薦書を抱きしめるようにして黎人の隣を歩く。

今向かっているのはいつも行くスーパーである。

品質にこだわったものを置いているので、最近の買い出しはそこですることが多い。

今日はお祝いに、どこかで食べて帰ろうかと黎人は提案したのだが、火蓮はこれまで黎人に指導してもらったお礼に腕によりをかけた手料理を振る舞いたいと言ったのだ。

なので、必要な食材を買いに二人でスーパーに寄って帰るのである。

火蓮が大切に書類を抱えているので、黎人がカゴを持ち、火蓮に言われたものをカゴに入れていく。

「今日は何を作ってくれるんだ？」

黎人はカゴに食材を入れながら可憐に質問する。

「内緒です。できあがりを楽しみにしててくださいね、美味《おい》しいものを作りますから！　あ、それもお願いします！」

何を作ろうと思っているのか、火蓮は笑顔で次に入れる食材を黎人に伝えるのであった。

お会計を終え、黎人が大量の食材を空間魔法の中にしまってスーパーから出ると、外にはたい焼きの屋台が出ていた。

先に出た火蓮がその屋台の方をじっと見ているのを見て、黎人は声をかける。

「たい焼き食べたいのか？」

「でも、これからご飯だし……」

「たい焼き食べたくらいで食べられなくなる腹はしてないだろ？」

「師匠！　私だって女の子なんですからね！」

黎人の物言いに火蓮は頬《ほお》を膨らませた。

「ほら、膨れてないで中身何にするんだ？　もうお金払っちゃったぞ？」

「え！　えっと、チョコ、いや、あんこ、ああ、抹茶小豆クリームとかどんな暴力ですか！でも、やっぱりあんこ、うーん、やっぱりぃ……」

屋台の前でメニューを見て悩む火蓮の姿を見て、屋台のおじさんは大きな声で笑った。

「ハッハッハ！　全部美味《うま》いぞ？　にいちゃん、かわいい彼女が悩んでんだ。男気出して全部買ってやりな！　ウチのたい焼きは冷めても美味《うめ》えぞ！」

「か、彼女！」

屋台のおじさんの言葉に火蓮が挙動不審になった。

「おや、まだ違ったか？　ハッハッハ！」

目を泳がせる火蓮と豪快な屋台のおじさんに、黎人は苦笑しながらせっかくなので全部買うことにする。

「そうだな、お祝いだし全部買おうか。火蓮、今食べるのはどれにする？」

「うぇ！　じゃ、じゃああんこを」

何か、たい焼きの味とは違うことを考えていた火蓮は、慌ててシンプルなあんこを選んだ。

「じゃあ、お祝いの前哨戦《ぜんしょうせん》だな」

「はい。ありがとうございます、師匠」

火蓮は、美味しそうにたい焼きに齧《かじ》り付いた。

「甘くて美味しいです！」

二人は、たい焼きを片手に家までの道のりを並んで帰る。

その日の食事は、火蓮が張り切りすぎてしまい、黎人の家の大きなダイニングテーブルを埋め尽くしてしまうのであった。

普通の高校生のおでかけ？

火蓮は朝から出かける準備をしていた。

昨日、冒険者推薦書をもらったが、冒険者免許の申請は毎日やっているわけではなく日にちが決まっているので今日は休日である。

冷蔵庫から昨日作りすぎてしまった料理の残りを出して朝食として温め直しながら、起きてきた黎人に声をかける。

「おはようございます。師匠」

「ああ、おはよう。火蓮は準備万端だな。俺《おれ》もご飯食べたら準備するからちょっと待っててな」

「大丈夫ですよ、私も一緒にご飯食べるんですから」

今日は火蓮の要望で二人で出かけることになっている。

火蓮は昨日の食事中に黎人を誘ったのだが、黎人は快く頷《うなず》いてくれた。

「どこに行きたい？」と聞かれたので、火蓮は黎人に「普通の高校生が遊びに行くようなことがしたい」とねだった。

黎人に出会ってから一度友達と会ったが、おしゃべりをしただけで遊びに行ったりはしていない。

なので、久々にどこかに遊びに行きたいとねだったのだが、黎人が提案してきたのは高校生とはかけ離れている所だった。

免許申請まで日にちがあるからと言って高級旅館を取って旅行に行こうとしたり。百歩譲って千葉にあるのに東京と名前がつくテーマパークはいいのだが、火蓮がしたかったのは高校生の普通の休日なのである。

高校時代は普通だったと言っていたのに、どこが普通なのだろうと火蓮はため息を吐《つ》いた。

結局、黎人に任せていたらとんでもない場所に連れていかれそうなので、火蓮がお台場《だいば》へ行くことに決めた。

朝食を済ませ、黎人の準備が整うと、二人は電車に乗ってお台場まで出かける。

以前黎人と行った所とは別のショッピングモールだが、前回結局黎人はファストファッションのお店を見ていないので、火蓮がウィンドウショッピングをしていると物珍しそうに見ていたり、ゲーセンにも行ったが初めてのようで、火蓮に教えてもらいながら楽しんでいた。

そして、火蓮はついに黎人にふふんと自慢げに胸を張る。

黎人が何回もチャレンジして取れなかったクレーンゲームの景品を一発で取ってしまったのだ。黎人がずらしていたから簡単に取れたのだがそんなことは関係ない。黎人ができないことをやってみせたということが重要なのだ。前回切符の券売機で悔しい思いをした雪辱を果たした気分である。

「どうですか？　すごいでしょう！　でも師匠、このキャラクターよく知ってましたね？」

火蓮《かれん》はクレーンゲームで取った景品のぬいぐるみキーホルダーを見ながら黎人《れいと》に尋ねる。

「ああ、火蓮の学校のカバンについてただろ？　好きなのかと思ってな」

「……ええ。好きですけど……」

「取れてよかったな」

そう黎人が笑って火蓮に言ったのだが、火蓮はそれを聞いて黎人に取ってもらえばよかったと肩を落とすのであった。

色々と遊んだ後、お昼になったのでご飯にすることにしたのだが、フードコートが一杯になっていたので後にしようかと火蓮が黎人に相談すると、フードコートの看板を見た黎人が「近くにラーメン屋ならすぐに入れるところがあるぞ」と提案してくれた。

どうやら黎人のオススメのラーメン屋らしい。

火蓮は、流石《さすが》にラーメン屋なら高級店はないだろうと思って連れて行ってもらうことにした。

そうして、二人が向かった先で見えてきたのは大行列であった。

火蓮も知っている有名なラーメン屋で、確かに美味《おい》しいのだろうが、フードコードでも混んでるという話をしていたのに、流石にこの列を並ぶのはしんどいと思った。

しかし、黎人はラーメン屋の行列を通り過ぎてしまったので、火蓮が「この店ではなかったのか。たしかに師匠はすぐに入れるって言ってたもんね！」考えた矢先、黎人はラーメン屋の店舗を半周回った所にある従業員用であろうドアをノックした。

「師匠、なにしてるんですか⁉」

火蓮が黎人の行動を見てアタフタしてると、中から店員さんが出てくる。

火蓮がとりあえず謝らなければ。と口を開きかけたその時、店員が「春風《はるかぜ》さん。今日はお二人ですか？」と黎人に言って笑顔で従業員入り口から迎え入れ、謎《なぞ》の個室に案内された。

ここは有名なラーメン屋で、火蓮は前に友達と中を覗《のぞ》いてみたことがあったが、そことは違うラーメン屋らしからぬ綺麗《きれい》で品のある造りの部屋であった。

黎人と一緒に、火蓮は呆然《ぼうぜん》としたまま席に座る。

すると先ほどの店員さんが「春風さん、ご来店ありがとうございます！　こちら、メニューです」と言ってメニュー表を渡してくれた。

「俺《おれ》はいつものでいいよ。ほら、火蓮も好きなの選びな」

火蓮は渡されたメニューを見て一番上の《イチオシ‼》と書いてあるラーメンを頼んでメニューを店員さんに返した。

「師匠、この部屋って？」

火蓮の質問に、黎人はここが以前《黄昏《たそがれ》の茶会《ちゃかい》》と食事をした時の《星空のレストラン》が経営する店だと教えてくれた。

ここの店主のラーメンの味に惚《ほ》れ込《こ》んだ坂井五郎《ごろう》が、ここに店を出す時に出資して《黄昏の茶会》のメンバーがいつでも食べに来られる部屋を作ったらしい。

都内には他にもそういった《星空のレストラン》が経営する有名店が何軒もあるらしく、そういうお店には普段は使われないＶＩＰルームがこうやってあるのだとか。

火蓮は、もう何でもありだと思った。

黎人は、このラーメン屋に《黄昏の茶会》のメンバー以外と来たのは初めてであった。元カノの香織はデートでラーメンはあり得ないと言っていたからだ。

黎人が火蓮にその話をすると、火蓮は小声で「はじめて……」と呟《つぶや》いて、どこか嬉《うれ》しそうにしていた。

届いたラーメンは人気店の看板に偽りなく、二人は楽しく会話をしながら舌鼓を打った。

ラーメンを食べた後、先ほど元カノとの話を聞いて少し背伸びをしたいと思った火蓮は、以前黎人が入ろうとしていたお洒落《しゃれ》な百貨店に連れて行ってほしいとねだった。

勿論《もちろん》、火蓮は何かを買ってほしいとねだったわけではなく、先ほどのショッピングモールと同じようにウィンドウショッピングをしたのだが、いつも火蓮が見ているような店ではない雰囲気の物や憧《あこが》れの店が沢山あって、見ているだけでも楽しそうであった。

時折黎人にどの服やアクセサリーが似合うかなどを聞いたりしながら、ウィンドウショッピングを楽しんでいると、火蓮はすぐに時間が経《た》っていくように感じる。

黎人がトイレに行ったのを待っている間、火蓮はある店舗のショーウィンドウを見ている。

《twilight.M.Azure《トワイライト・マリア・アズール》》

火蓮の憧れのブランドである今着ている《twilight.M.A《トワイライト・マリア・アパレル》》のアクセサリー部門であった。

火蓮は、以前美嘉子《みかこ》達と雑誌で見たり、他の店舗で外から中を覗いて盛り上がった記憶がある。

いつかお金を稼いだら絶対に買おうと決めているリングがないかと探していると、いつの間にか黎人が戻って来ていた。

「やっぱりそのブランドが好きなんだな。どれが気になるんだ？」

黎人の質問に、火蓮は笑って「憧れますよね」とはぐらかして黎人の腕を引いて移動する。

うっかり言ってしまえば黎人が買ってしまうと思ったからであった。

その後、家への帰り道、火蓮は今日の楽しかった出来事を振り返ってみると、なんだかデートに近いことをしていたことに気づいた。

彼氏がいたことがない火蓮はなんだか急に恥ずかしくなってしまう。

そうなるとドツボにはまったように昨日たい焼きの屋台のおじさんに言われた彼女という言葉も頭に蘇《よみがえ》ってくる。

やっぱり、周りからはそう見えていたのだろうか？

火蓮は、自分の顔が赤くなっていくのが分かり、それが隣を歩く黎人にバレないように、少しうつむいて歩くのであった。

両親

冒険者免許の交付日がやって来て、火蓮《かれん》は本日国家冒険者ギルド東京第一支部にやって来ていた。

国家冒険者ギルドのロビーの雰囲気は、火蓮がこれまで通っていた地方冒険者ギルドとは違っている。

地方冒険者ギルドはGクラスダンジョンに入るための一般人がいるだけであったが、国家冒険者ギルドのロビーに居るのは冒険者だ。

なんというか、火蓮の見た感じではガラの悪そうな人が多い気がする。

火蓮が知り合った冒険者は《黄昏《たそがれ》の茶会《ちゃかい》》やその下部クランの人間で、上級冒険者だからこそ見なりや振る舞いに一種の品があったが、そんな冒険者は一握りの存在である。

今日は世間一般の粗暴な冒険者のイメージの中でも、冒険者になろうと考えるちょっとガラの悪い冒険者免許の一発試験を受けに来ている人も沢山いて、特にこの時間帯はそういった人間が多かった。

火蓮は、そんな中で受付までたどり着き、列に並んで順番がやって来たので、緊張した面持ちで先日もらった冒険者推薦書をギルド職員に渡した。

「よろしくお願いします！」

「実績交付の方ですね。柊《ひいらぎ》火蓮様。それでは書類をお預かりいたしますね、個人カードもお預かりしてよろしいですか？」

「あ、はい！」

火蓮は、職員に言われて個人カードを渡す。

「はい。お預かりいたしますね。それではこちらをお預かりしまして審査の後、冒険者免許証の発行をさせていただきます。審査の時に柊様の個人情報を取り扱います。勿論《もちろん》私どもの目に触れることなく、ＡＩによる審査になりますので個人情報流出に関してはご安心ください。ご了承いただけましたらこちらの端末にサインと指紋をお願いします」

「はい」

火蓮は差し出された端末にサインをして、ランダムで指定された指の指紋を五回センサーに通した。

「それでは審査、免許発行までのお時間の間、冒険者になるにあたってのランク制度や注意事項を説明させていただきます。こちらは冒険者免許証と一緒にお渡しする『冒険者のすすめ』の一部抜粋になっておりますので後で冊子の方もご確認ください」

「は、はい」

火蓮は、職員の説明を聞き逃さないように真剣に話を聞いた。

黎人《れいと》が隣に居れば「もうちょっと肩の力を抜いても大丈夫だぞ」と笑っただろう。ここでされる説明は冒険者免許証発行までの時間潰《つぶ》しであり、後でちゃんと『冒険者のすすめ』を読まなければ注意事項《ルール》など分からない。

実際、ＡＩの審査は早く、冒険者免許証の発行はランク制度の話の途中で終わってしまった。

「それでは、冒険者免許証の発行が終わりましたので、後はこちらの『冒険者のすすめ』でご確認ください。おめでとうございます。柊《ひいらぎ》様、これよりあなたは冒険者です。気をつけてダンジョンを冒険くださいませ」

火蓮が受けていた説明はぶつ切りになり、冒険者免許証と『冒険者のすすめ』という冊子を渡されて冒険者免許の交付は終了となった。

火蓮は、なんだかなあと苦笑いで冒険者免許証を受け取る。

御役所仕事だから仕方がないのかもしれないが、こういう中途半端《ちゅうとはんぱ》なところが、冒険者が問題を起こす原因になっている気がする。

冒険者免許を取得し、冒険者になるということは、それなりの責任がついて回ることになる。

一般人に身近な運転免許と同じように、法律による様々な決まりごとがある。

運転免許とは違い、冒険者免許は《賢き者達《けんじゃ》》が管理する冒険者法による世界共通のルールがあり、各国ではその上で日本で言うところの地方自治体の条例のような国独自の法律もあるため、きちんと勉強をしておかなければすぐに法に触れてしまいかねない。

例えば、

「冒険者免許を過去現在所持している者は冒険者法に基づくやむを得ない場合を除いて一般人に対しての暴力行為を禁ずる。」

「冒険者は、一般人に対して制限されたダンジョン内の映像、又は情報を公開する事を禁ずる。」

この二つはそれぞれ世界冒険者法、日本冒険者法に書かれた一文である。

どちらも日本では守らなければいけない法律だが、無視されているケースが多い。

特に前者は、冒険者による暴力事件としてニュースになることも多々あった。

両方とも、冒険者を恐怖の対象とするのを防ぐためとして設けられている法律だが、知らない冒険者の方が多いだろう。

一説によれば、この冒険者ギルドの対応は、魔石を吸収して知力が上がれば簡単に覚えることができるため、未読や素行の悪い冒険者を弾《はじ》き出《だ》すためとも言われているが、それによって一般人に与える冒険者のマイナスイメージは計り知れない。

しかし、火蓮は『冒険者のすすめ』を熟読するように言われている。今日、家に帰ったら黎人に覚えるまで勉強だと言われているのだ。

それが師匠に見てもらう最後の指導かもしれない。

火蓮は、少し寂《さび》しく思いながら、ロビーで待っている黎人のところへ一直線に向かった。

「師匠、冒険者免許取れました！」

黎人に冒険者免許証を嬉《うれ》しそうに見せつけると、火蓮はガシガシと黎人に頭を撫《な》でられる。この少し力強い撫で方も、今では慣れたもので、撫でられている火蓮は「恥ずかしいですからやめてくださいよ」と口にしながらも笑顔である。

「火蓮！」

火蓮と黎人が冒険者免許取得を喜んでいると、突然火蓮に声がかけられた。

「パパ！　ママ！」

声の主《ぬし》は火蓮を置いて蒸発した火蓮の両親であった。火蓮は驚きに声を上げながら、過去の苦い思い出と両親が会いに来てくれた嬉しさで複雑な表情を作った。

「探したのよ火蓮。火蓮これからね、貴方の面倒を見てくれる人を連れてきてあげたわよ。ほら、山田《やまだ》さんと前田《まえだ》さん」

いきなりのことに火蓮は戸惑った。どうやら両親は火蓮を迎えに来てくれたわけではないようである。

母親の見たこともない作ったような笑顔に、火蓮は寒気がして後ろへたじろいだ。

「ご紹介に与《あずか》りました山田太郎《たろう》です。こっちは前田次郎《じろう》」

火蓮の母親が紹介したのは怪しい黒いスーツの二人組で、にやにやと笑いながら名乗ったのは明らかに本名ではなかった。

どういうことなのかを山田と名乗った男が説明してくれたが、どうやら、火蓮の両親は違法な金貸しに手を出しており、借金のカタに若い女性である娘の火蓮を売ったようであった。

「そんな！　嫌です！　パパも、ママも、私を捨てていなくなったと思ったら今度は私を売ったって？　ふざけないでよ！」

火蓮は怒りのあまりここがロビーだということも忘れて叫ぶが、冒険者が集まる冒険者ギルドではトラブルが日常茶飯事なのか、気にするような人間はいなかった。

「でもね、火蓮さん。私達もはい、そうですか。とは言えないんですよ。あなたの両親かなりの借金がありましてね、それを帳消しにするためにあなたを出稼ぎに出すそうでして。ほら、これ契約書です」

山田は火蓮に契約書を見せながらそう話した。

その話を聞いて絶望の表情を浮かべ絶句する火蓮の横から、黎人が口を挟んだ。

「ちょっと契約書の内容を確認していいか？」

「あなたは？」

急に横から口を挟んだ黎人に、山田はにやにやとした態度を崩さずに質問した。

「俺《おれ》は火蓮の師匠で、まあ今のこいつの保護者みたいなもんだな」

黎人は、火蓮を安心させるように頭に優しくポンと手を置くと、山田から火蓮を遮《さえぎ》るように立った。

「何が師匠、保護者みたいなものだ！　こっちは親！　本物の保護者だぞ！」

「貴方は黙っててください」

「は、はい……」

黎人の言葉を聞いて火蓮の父親が激昂《げきこう》するが、山田は抑揚のない声で火蓮の父を黙らせた。

悔しそうに火蓮の父親とその横の母親が黎人を睨《にら》んでいる。

「どうぞ。正式な契約書ですよ」

にやにやと笑いながら山田が差し出した契約書を黎人は受け取って読み上げる。

内容は先払いの労働契約書になっていて、両親の借金の内容など何処《どこ》にも書いていない。

いやらしいのは、火蓮のサインがちゃんと入っていること。

どんな方法で入手したかは知らないが、これだけ自信ありげに渡すということは、火蓮本人のサインなのだろう。

黎人に出会う前に、書かされていたのかもしれない。

「いやらしい契約書だな」

黎人の言葉に、山田はにやにやとした笑顔を深めた。

「そうでしょう？　それでも契約は契約です。火蓮さんには私どもの店で先払いした二千七百万円を稼ぎ終わるまで働いてもらいます。なに、美人で若い、綺麗《きれい》な体ですし、すぐに稼ぐことができますよ」

山田はにやにやとした表情のまま火蓮を上から下まで見た。

その視線に、火蓮は顔を引きつらせて手で胸を隠し、黎人の背中に隠れる。

「二千七百万か、安いな」

「はぁ？」

黎人の言葉を聞いて山田はマヌケな声を出した。

「火蓮のこれからの可能性に二千七百万は安すぎるって言ったんだ。俺が買い取ろう。二千七百万でいいのか？」

黎人が手を前にかざすと空間魔法から札束《さつたば》がぼろぼろと冒険者ギルドのロビーに転がった。

「は？」

「仕入れ値ではだめか？　掛け率は七掛けか？　色を付けて四千万でどうだ？」

黎人は山田の話を聞かずに空間魔法から札束を追加で出す。

にやにやとしていた山田の表情は消え失《う》せ焦《あせ》りが窺《うかが》えた。

「いや、ちょっとお待ちを！」

「まだ足りないのか？　五千万か？　一億か？」

黎人が空間魔法から札束を出すたびに、冒険者ギルドのロビーの床には札束の山が形成されていく
「分かりました！　その額で大丈夫です！」

山田が話を聞かない黎人に向かってそう叫んだことで黎人は空間魔法から札束を出すのを止《や》めた。

流石《さすが》に、トラブルに慣れている周りの冒険者達《あらくれもの》でも床に出来上がった札束の山には目が釘付けで、こちらに注目しているのが分かる。

この後、その中の馬鹿《ばか》がどんな行動をしでかすかは分かったものではないのだ。空間魔法を使っている黎人との力量差は分かるだろうが、山田がどうなるかは定かではない。

「これだけでいいのか。なら、早く契約書を作ってくれ。このままでは持ち運びが大変だろうしケースもサービスしてやるから、な？」

札束の上にジュラルミンケースがゴトリと出現したのを見て、山田は慌てて契約書を作っている。

その間に、指示を受けた前田は急いでジュラルミンケースに札束を詰めていく。

「これで、よろしいでしょうか？」

先ほどまでとは違う、丁寧な言葉で山田が契約書を差し出した。

その内容を見て、黎人はニッコリと笑う。

山田と黎人が契約書にサインをして、黎人は火蓮に契約書を見せる。

「ここにお前がサインすればあいつらの所で働かなくてもいいぞ？」

黎人の行動を見て、放心状態であった火蓮は黎人を睨んだ。

「師匠！　あんなお金いったいどうしろって言うんですか！」

黎人の金銭感覚に慣れてきたと思っていた火蓮だったが、今回の札束の山には思考が追い付いていない様子である。

「火蓮は俺みたいな冒険者になるんだろう？　だったら、あのくらいすぐに稼げるようになるさ」

「わ、分かりましたよ！　師匠の予想通りに稼いでやりますよ！」

火蓮はやけくそ気味に、契約書にサインをした。

「これで、あんた達と火蓮は何の関係もないな？」

「はい。それでは、ご機嫌よう！」

山田と前田は、慌ててこの場を去っていった。

黒服の二人が去った後には、黎人と火蓮、それから火蓮の両親が残った。

「か、火蓮、無事でよかったわね」

「あ、ああ。無事で何よりだ。これから家族三人で頑張って生きていこうな。家計が苦しいから火蓮にもお金を入れてもらうことになるとは思うが」

「でも、師匠さんはお金持ちみたいだし、ママ達も一緒に養ってもらえば一石二鳥よね！」

空気の読めない火蓮の両親が、黎人と火蓮に笑いながらそう提案した。

「何を言ってんのよ！　私は貴方達と親子の縁を切るわ。子供を売ったんだから、その時に親子の縁や絆《きずな》なんてとっくに切れてるでしょうけどね！」

　火蓮は最後に残った家族の繋がりと思ってお守り代わりに持っていた昔のスマホをロビーの床に叩《たた》きつけた。

　欠かさず充電してあった家族写真の映る待ち受けが割れて映らなくなってしまう。

「なんてこと言うの！　火蓮、謝りなさい！」

　火蓮の言葉をたしなめるように、火蓮の母親は火蓮を叱《しか》った。

「いい加減にしろよ？」

　自分勝手な火蓮の両親を、黎人は睨んだ。

　黎人の殺気にも似た怒気に、蛇に睨まれた蛙《かえる》のように、火蓮の両親は小さな悲鳴を上げて黙った。

「親だと言い張るなら火蓮を売った事実をなかったことにしろ！　子供は親の玩具《おもちゃ》でも道具でもない！」

　黎人に突き付けられた火蓮の一億円の労働契約書を目にした火蓮の両親は顔を青くする。

　黎人の怒りに合わせて、この空間の温度が下がったように感じる。お金の件が終わった辺りでこちらを気にしている冒険者は少なくなっていたが、この空気に、残りの冒険者達も関《かか》わってはいけないと察して、慌ててロビーから居なくなった。

「く、覚えてろよ！」

火蓮の両親はやられ役のような、いかにも三下じみた言葉を残して去って行った。

火蓮と二人になって、黎人はさっきの怒気はどこへやら、笑顔で火蓮に話しかける。

「しかし、火蓮も卒業かと思ったが、これからも長い付き合いになりそうだな」

「師匠?」

「ほら、この労働契約が終わるまで火蓮は俺のものになっているからな」

黎人は、暗い空気を換えようとしているのか、おちゃらけた様子で先ほどの契約書を火蓮に渡す。

その契約書を見て、なぜか火蓮は小声で何かを呟いて嬉しそうに表情を緩めた。

「そうですね! 頑張って冒険者として稼ぎますよ!」

「よしよし、その意気だぞ!」

そう言って黎人は火蓮の頭をいつものようにガシガシと撫でる。火蓮は「髪が崩れるからー!」と言いつつも、嬉しそうに笑っているのであった。

◇◆◇◆

「兄貴、あれで終わらせて良かったんですか? いい実験体だって言ってたじゃないですか」

前田は足早に冒険者ギルドを出た山田の後ろを歩きながら質問をした。

「ああ。あの男は《黄昏《たそがれ》の茶会《ちゃかい》》の二代目リーダーだ」

「あいつが日本のSSS冒険者ゼロ！」

山田は黎人のことを知っていたようで薄ら笑いを浮かべる。

「あの素体《種》はもう魔石を吸収していたみたいですし、損切りの代わりにゼロをおちょくってみようと思いましたが、危うく虎の尾、いや龍の尾を踏んでしまうところでしたねぇ」

にやにやとした表情で話す山田とは対照的に、前田は先ほどまで誰《だれ》と対峙《たいじ》していたのかを理解して冷や汗を流した。

「今は事を構える時じゃぁない。肥料も品種改良も実験段階です。農園の手配もしなくちゃいけないし、種を集めるのは後回しにするとして、これからはお遊びはやめにして真面目《まじめ》にやりましょうかねぇ。それではSSS冒険者ゼロ。《賢き者達《けんじゃ》》が作りし箱庭を《愚かしき者達《ぐしゃ》》が破壊するその日まで」

黒服の怪しい二人組山田と前田は、東京のビルの闇《やみ》に消えるようにいつの間にか姿が見えなくなっていたのであった。

お祝い

黎人《れいと》と火蓮《かれん》は、火蓮の冒険者免許取得のお祝いのために焼き肉屋へ来ていた。

今日も火蓮は家で食事を作るつもりであったが、黎人が他に人を呼んであると言うので火蓮が初めて黎人に連れてきてもらった食べ放題《高級な》の焼き肉屋へやって来たのだ。

二人が着くと、元《黄昏《たそがれ》の茶会《ちゃかい》》サブリーダーの板野奈緒美《いたのなおみ》が飲み物だけ頼んで先に待っていた。

先ほどのトラブルのせいで少し遅れてしまったためか、グラスは汗をかいて半分ほど減ってしまっている。

「火蓮ちゃん、冒険者免許取得おめでとう！」

清楚《せいそ》でラフな格好の奈緒美が、グラスを持ち上げて二人に挨拶《あいさつ》をする。

「板野さん！」

奈緒美を見た火蓮の反応に、奈緒美は黎人をジト目で見た。

「黎人君、火蓮ちゃんの反応。何も話していませんね？」

「今から話すんだから二度手間だろう？　奈緒美の方が説明が得意だしさ」

「事前に話しておいてくれた方がスムーズですよ？」

奈緒美は黎人の言葉にため息を吐《つ》いた。

効率を考えてしまう性格上、不満があるのだろう。しかし、これも《黄昏の茶会》時代からのことなのでいつものことである。

「まあいいです。それじゃ、説明しますね」

「その前に肉頼もうぜ。食事しながらでもいいだろ？」

黎人達は肉を注文して食事をしながら奈緒美が今日来ている理由を説明する。

これから冒険者になった火蓮は、今までのＧクラスダンジョンを卒業して基本的に次のＦクラスダンジョンを探索する。

Ｆクラスダンジョンでは今までのような動物と同じような魔物ではなく、人型で武器を持った正真正銘の魔物が出現する。そのため、必然的にこれまでよりも危険で死亡率も上がる。

何かあっても冒険者ではない黎人はＦクラスダンジョンに入れず、一緒にいて助けてやれないため、黎人は信頼できる奈緒美にお願いしたのである。

というのも、元々奈緒美は《黄昏の茶会》の頃から後輩に慕われており、下部クランの後輩の面倒を見ていたことがあった。《黄昏の茶会》の解散を機にそれを活《い》かして冒険者の死亡率を下げるため、駆け出し冒険者のための私塾みたいなことをしている。

《黄昏の茶会》のサブリーダーで黎人の信頼は厚く、火蓮を任せるのにこれほどの適任はいなかった。

まあ黎人の育て方的に、Ｆクラスダンジョンでも無双できるほどに火蓮のステータスは上がっており、インナースーツという防具も与えられているので、ただの過保護ではあるのだが。

ただ、火蓮は友達とのダンジョン探索も望んでいるため、指導慣れしていて、パーティの采配もうまい奈緒美はこれからの火蓮のいいお手本になると思っている。

説明を終えると、火蓮は奈緒美に頭を下げた。

「板野さん、これからよろしくお願いします」

「ええ。まあ黎人君が冒険者として送り出したんだから教えることは少ないと思うのだけど、頑張って！」

「はい！」

この時の奈緒美の予想は当たっており、Ｆクラスダンジョンでも火蓮は基本一人《ソロ》で活動することになるのだがそれはまた別の話である。

食事を終えた帰り道、火蓮は黎人に話しかけた。

「やっぱり、師匠は冒険者には戻らないんですね」

先ほどは奈緒美が居たのであぁ言ったが、本音ではこれからもずっと、火蓮は黎人に指導をしてもらいたいのである。

それを聞いて、黎人はいつもより優しい手つきで火蓮の頭を撫《な》でる。

「そうだな、せっかく引退したんだしこれから色々と旅行に行こうと思ってる。まずは日本制覇なんてのもいいな。なんだ？　そんな顔しなくても、旅行に行きっぱなしってわけじゃないし、お前がピンチの時にはすぐに帰ってきてやるさ」

「それは……分かってますけど」

火蓮は少しうるんだ眼で寂《さび》しそうに黎人を見上げる。

「旅行に行っている間は家の管理を頼むぞ？　ちょっと長いこと旅行に行ってたら埃《ほこり》まみれとか嫌だからな」

「え？」

冒険者になったら居候先の黎人の家から独立し、奈緒美に指導も任されて黎人とは離れ離れになると思っていた火蓮は驚いたような声を上げた。

「忘れてないか？　火蓮はお金を返すまで俺《おれ》のものなんだぞ？」

「お、俺のもの……」

火蓮は嬉《うれ》しそうに黎人の言葉を繰り返した。

「なんだ？　早く出ていきたかったのか？　確かにこのままだと俺の家だから男を連れ込めないか――」

「しませんよ！　そんな事！」

火蓮が、黎人の言葉に膨れっ面で言い返した。

「その顔の方が百倍ましだな、沈んだ顔よりよっぽどいい。しかし、今日から火蓮も冒険者か。

思ったより早かった。優秀な一番弟子を持って俺は嬉しいぞ？」

「優秀な一番弟子ですか？　えへへ、もっと言ってください！」

火蓮の笑顔が明るく花咲いた。

「調子に乗るな！」

「あいたっ！」

黎人にデコピンをされて、火蓮は大げさに額を押さえながら微笑《ほほえ》んでいる。

「まだまだ新米冒険者だ。すごい冒険者になるんだろ？」

「勿論《もちろん》です！　師匠くらいすごい冒険者になって二人でドラゴンに立ち向かうんです！」

黎人はもう冒険者ではないのだが、そんな些細《ささい》なことで余計な茶々は入れないでおく。

「頑張れ、楽しみにしてるよ。それとな、これはお前が冒険者になったお祝いだ」

黎人は、気合いの入っている火蓮にプレゼントを渡した。

「な、師匠……これ！」

黎人がお祝いに贈ったのは、先日出かけた時に、火蓮が羨《うらや》ましそうに眺めていた《twilight.M《トワイライト・マリア》》のアクセサリーであった。

そのケースを、火蓮は震える手で見つめている。

「おまえ、この前じっと見てただろ？　憧《あこが》れのブランドだって言ってたし」

「師匠、私が見てたのは《twilight.M》じゃなくて《twilight.M.Azure《トワイライト・マリア・アズール》》の方ですよ！」

火蓮は驚きのあまり叫ぶように言った。

「え、なんか違ったのか？」

「値段が全然違いますよ！　これ、バカ高いでしょ？　Azure《アズール》の方は十五万円くらいなんですから！」

火蓮が憧れていたブランド《twilight.M.Azure》はお値段十五万円くらいと頑張れば一般人でも手が届くお値段である。

それに対して《twilight.M》は安くても五百万円というセレブ向けのジュエリーブランドである。

それくらい、知り合いに創設者のマリア・エヴァンスがいるなら知っておいてほしいと火蓮は思った。

ちなみに、今回火蓮に贈られた物は、黎人に相談されたマリアが「火蓮がマリアの店の商品を羨ましそうに見てたから、火蓮の卒業祝いにマリアの店の商品が欲しい」と言う言葉を聞いて、黎人の一番弟子に贈る大切なジュエリーとして気合いを入れてデザインした一点物であるため、黎人が店の事を知っていようと結果は変わらなかったはずである。

「ま、まあ価値が高い分にはいいだろう？　これを売れば借金が一気に減るぞ？」

「ど、どんだけ高いんですか、これ。……そんなことしませんから。大切にします。宝物に。……あ、ありがとうございましゅ」

「おいおい、なんで泣いてんだよ？」

火蓮の顔は先ほどから表情の変化が忙しく、今は泣き笑いでくしゃくしゃになっていた。

「うっさいですぅ！」

火蓮は、大切に持った《twilight.M》の箱を開ける。

中に入っていたのは、火蓮の名前の《火》のように赤い宝石のネックレスであった。

「かわいい。師匠、似合いますか？」

火蓮は慎重にネックレスを箱から持ち上げて自分の胸に合わせる。

「ああ。とても似合ってる。つけてやろうか？」

「はい。お願いします」

火蓮はネックレスを黎人に渡して背中を向ける。

黎人からのお祝いのネックレスは、黎人の手によって火蓮につけられた。

「ふへへ。師匠、一生の宝物にしますね！」

ジュエリーの効果か、街灯に照らされる火蓮の笑顔は、いつもより大人びて見えた。

wilight.M

閑話・クリームパン

冒険者免許を取った日から数ヶ月。

火蓮《かれん》はEランク冒険者になっていた。

この成長は、奈緒美《なおみ》も呆《あき》れる程のスピードであった。

一時期奈緒美の私塾の受講生と一緒にパーティを組んでいたが、火蓮の成長が早すぎるため、今はそのパーティも抜けてしまっている。

奈緒美から火蓮は《黄昏の茶会》のメンバーのように、パーティで戦うよりも、単体で戦った方がいい天才型だと言われて最近は一人《ソロ》での活動に勤《いそ》しんでいる。

今日は日曜日で、火蓮は冒険者としての活動をお休みして、地方冒険者ギルド葛飾《かつしか》区支部へと向かっていた。

休日までダンジョンなのかと言われそうだが、これは大事な息抜きでもあった。

冒険者ギルドに行く手前のコンビニで、待ち合わせしている友達と落ち合う。

宇野美嘉子《みかち》、稲見美雪《ゆきっぺ》、山下千晶《ちあき》。

火蓮の大切な親友である。

火蓮が冒険者になってしばらくしてから、三人とはこうして休みの日にGクラスダンジョンを探索している。

三人のステータスアップが目的のダンジョン探索だが、今ではピクニックに行くような感覚でダンジョン探索をしている。

火蓮のように三人は冒険者になる気はないため、ダンジョンでも比較的浅い部分で魔石を集めているのでステータスが上がってきた今、ダンジョンの真ん中で寝こけてさえいなければ、怪我《けが》をする心配もない。

「火蓮おはよう！　千晶が報告したいことがあるって！」

火蓮がコンビニに到着すると、三人は既にコンビニに着いて買い物も済ませていた。

手を振りながら美嘉子がそう言うと、隣でコンビニのビニール袋を漁《あさ》っていた千晶が顔を上げた。

そして、嬉《うれ》しそうに火蓮に向けて右手でVサインを作った。

「火蓮！　ちー、遂にA判定取った！」

受験の心配からダンジョン探索と魔石吸収によるステータスアップを始めた結果、遂に千晶は志望校のA判定を取ったようである。

「すごいじゃん！　千晶、おめでとう！」

「これも火蓮のおかげだよ～！　魔石チートを教えてくれなかったら今頃《いまごろ》ちーは勉強のしすぎで重度の知恵熱に苦しんでいたかもしれない！」

「なによ、重度の知恵熱って！」

火蓮《かれん》は千晶の言葉にツッコミを入れながらも千晶とハイタッチをした。

「私も買ってくるからちょっと待ってて！」

ハイタッチをした後は、火蓮は三人を待たせないために足早にコンビニに入る。

「あ、クリームパンがない……」

火蓮は地方冒険者ギルド葛飾区支部に向かう前にこのコンビニでクリームパンを買うのがルーティーンになっているのだが、今日は売り切れであった。

このコンビニは黎人《れいと》と出会った日に冒険者ギルドに行く前にクリームパンを買ってもらったコンビニで、なんとなく、ここに来たらクリームパンを選んでいたのだが、ないものは仕方がない。

「なんか寂《さび》しいな」

火蓮はクリームパンを諦《あきら》め、学生時代によく買っていたサンドイッチを選んで飲み物と一緒にお会計を済ませた。

「お待たせ。今日はクリームパンなかったよ〜」

「そりゃそうでしょうね。なんせ最後の一つだったから誰《だれ》かに買われる前に私が買っておいてあげたのだから！」

格好をつけた言い方で、美嘉子《みかこ》が自分のレジ袋の中からクリームパンを取り出して火蓮に見せつけた。

「みかち〜ありがとう〜！」

ならコンビニに入る前に言ってくれなんて野暮《やぼ》なことは言わない。

火蓮は嬉しそうに美嘉子からクリームパンを受け取ると、すぐに袋を開けてクリームパンをパクついた。

「嬉しそうに食べるね〜。そんなにクリームパンが好きなイメージなかったけど」

「思い出だからね〜」

火蓮は鼻歌を歌いながら、クリームパンを一気に食べ終わる。

「「早！」」

三人にツッコまれるが、火蓮はいそいそと自分のレジ袋からサンドイッチを取り出した。

「今日はこれもあるからね〜！」

「あー、そっちの方がイメージあるわ」

「うん。ちーも火蓮はミックスサンドのイメージ！」

「それでいっつもツナを最後に残すのね」

「え、なんでみんな変なこと覚えてるの？」

休日の朝のコンビニ前で、火蓮達四人の姦《かしま》しい笑い声が響く。

「さて、朝食も食べ終わったしダンジョンへ向かおっか？」

火蓮達四人は、楽しそうに会話をしながらダンジョンへと向かった。

ピクニック

友達とのダンジョン探索を終えた帰り道、火蓮《かれん》の足取りはいつもより早足であった。

ダンジョンの前で友達と別れた後、急いでいつものスーパーに向かう。

「今日は何にしようかな？　山形って言ってたから何食べたんだろう？」

今日は黎人《れいと》が旅行から帰って来る日なのだ。

黎人は時間のある人なので、旅行に行ったら一月くらい帰ってこない事はザラだ。

山形でゆっくり旅行してきたのだから美味《おい》しいものを食べてきたのだろうが、火蓮は山形名物が分からなかった。

「山形って言えばさくらんぼとなんだろ？　山形牛って居たっけ？　んー居そうだなぁ。何作ったら喜んでくれるかな？」

火蓮はスーパーの店内を食材を見ながらぐるぐると回る。

結局、旅行先から帰って来るのだから、外食では中々食べないような家庭料理を、腕によりをかけて作ることにして、買い出しを済ませて料理を作り、家で黎人の帰りを待つのであった。

◇◆◇◆

火蓮がテーブルに料理を並べていると、黎人が帰って来た。

「師匠、お帰りなさい！」

「ただいま。火蓮も無事で何よりだ。はい、お土産《みやげ》」

火蓮は玄関で黎人から挨拶《あいさつ》と同時にお土産を受け取った。

「さくらんぼ、ゼリー？　さくらんぼゼリーだ！　美味しそう！」

「ご飯の後に一緒に食べようか。お土産屋さんのおすすめらしいぞ」

「そうしましょう！　ご飯はできてますよ！　今日は肉じゃがとですね――」

火蓮は黎人に嬉《うれ》しそうに献立の内容を話す。

これまで外食の多かった黎人にとって、火蓮の作る家庭料理はとても安心できる味のようで、美味しそうに食べてくれた。

凝ったものではなくて、家庭料理にして良かったと火蓮はニコニコである。

「あ、師匠。明日ダンジョンに付き合ってくださいよ！　私ついにあの四つ目と戦おうと思うんです！」

「そうか。まあ、今の火蓮なら大丈夫そうだけどな。もしもの時のために後ろで見ておいてやるか」

「はい！　よろしくお願いします！」

火蓮は、久々の黎人とのダンジョン探索を楽しみにして食事中の会話を楽しんだ。

◇◆◇◆

翌朝火蓮はお弁当を作っていた。

昨日の食事の時に、黎人と話したのである。

「《木こりの原っぱ》でピクニックしたら楽しそうですよね」

火蓮のその言葉に、黎人は呆《あき》れて苦笑いであったが、今の火蓮の実力なら大丈夫だろうと太鼓判を押してくれた。

ナメプと言われたらそれまでなのかもしれないが、火蓮は他のダンジョンに行ったからこそ、《木こりの原っぱ》の幻想的で綺麗《きれい》な草原でピクニックがしたいと思った。

火蓮が《木こりの原っぱ》の次に行ったFクラスダンジョンはマンションタイプのゴツゴツした洞窟で、今のEクラスダンジョンも石畳の神殿風で、ダンジョンらしいといえばダンジョンらしいのだが、綺麗や感動といった感情は湧《わ》かなかった。

熱々のご飯をおにぎりにして、卵焼きや肉巻きアスパラなどおかずをお弁当箱へ詰めていく。

「おはよう。火蓮は朝から張り切ってるな」

「あ、師匠おはようございます！　師匠もおにぎり握ってみますか？」

火蓮の提案に、興味を持った黎人は火蓮の隣でおにぎりを握る。

「難しいな。火蓮のように上手《うま》く三角形にできない」

「いえ、初めてでそれだけ綺麗にできたら上出来だと思いますけど？　師匠、次の具は何入れます？」

二人並んでおにぎりを握りながら会話をしていると、うっかり作りすぎてしまった。

お弁当箱に入り切らなかった分は朝ご飯としてお皿に並べる。

「こうして並べるとどっちが作ったか丸分かりだな」

テーブルの真ん中に置かれた朝ご飯のおにぎりの皿を見て黎人は苦笑いを浮かべた。

「良いじゃないですか。私は食べたい方が分かっていいですよ」

火蓮が先にどちらかというと形の悪いおにぎりを選んで一口食べた。

「別に俺《おれ》のを食べなくても良いだろうに」

「いいんです。私は師匠の握ったおにぎりが食べたかったんですから！　はい、師匠は私の握ったおにぎりを食べてくださいねー！」

火蓮は空いてる方の手で自分の作ったおにぎりを摑《つか》むと黎人の口の方へ差し出した。

「分かったから。そんなにしなくても火蓮の作ったやつを食べるよ」

黎人は火蓮が差し出したおにぎりを受け取って食べる。

その様子に、火蓮は少しだけ残念そうな顔を浮かべた。

「どうしたんだ？」

「なんでもないですよー！」

火蓮は、勢いよくおにぎりに齧《かじ》り付く。黎人は何がいけなかったのかと首を傾《かし》げるのであった。

朝食を食べ終わった後、二人は火蓮の宿敵、四つ目の狼の魔物を倒しに、Ｇクラスダンジョン《木こりの原っぱ》へピクニックに出かけるのであった。

◇◆◇◆

ダンジョンへ入ったは良いものの、すぐに運良く徘徊《はいかい》型のボスである四つ目の狼の魔物に出会えるわけではなかった。

このクラスのダンジョンに、黎人と今の火蓮が二人でやって来ると、当然魔物は相手にならない。

まるで小学生が下校中に畦道《あぜみち》の草を木の枝で切って歩くように、魔物を斬り伏せながら草原を歩く。

火蓮が鼻歌を歌いながら、嬉《うれ》しそうに魔物を斬り伏せているのには理由がある。

今日は四つ目の狼の魔物と戦うために、いつもは黎人が預かっている火蓮の赤い刀身の剣を使っているからであった。

それに、久々の黎人とのダンジョン探索でもある。

「あ！　師匠、見てください！　こんな所に綺麗なお花が咲いてますよ！」

「本当だな。見ない花だが、ダンジョン特有の花だろうか？」

草原の岩の影に、小さな青い花が咲いていた。

普段ダンジョンを探索していたら見逃してしまいそうな場所だが、今日はピクニックも兼ねているので火蓮はダンジョンの景色を楽しみながら歩いている。

この花のように、火蓮が見つけた発見を逐一黎人に話しながら歩くので、黎人はダンジョンに来た気がしなかった。

それに、今日だけで黎人が知らなかったことを沢山知った気がする。

お昼過ぎくらいまで色々と歩き回った後、四つ目のボスは見つからないのでお昼にする事にした。

誰《だれ》もいない広いダンジョンの平原に、少しカラフルなビニールシートを敷いて、朝作ったお弁当を広げた。

やっぱりお昼もお互いに握ったおにぎりを食べて、ダンジョンの中とは思えないのんびりとした時間が流れる。

お昼ご飯を食べ終わった後、火蓮は昨日黎人が買ってきたお土産のさくらんぼゼリーをカバンから出した。

紙の個包装になっているゼリーを一つ黎人に渡す。

「ありがとう」

「これ、美味《おい》しいですよね！」

火蓮が紙の封を開けて一口サイズのゼリーをパクッと食べる。

「んー！　でも、四つ目のヤツは出てこないですね」

火蓮が伸びをして、気持ち良さそうにビニールシートに寝転がった。

「火蓮、流石《さすが》にそれは気を抜きすぎじゃないか？」

黎人が苦笑いで注意をすると、火蓮は腹筋を使ってスッと起き上がった。

「はははは。ごめんなさい」

火蓮は笑って黎人に謝って舌をペロッと出した。

それを見た黎人が仕方がないなといった風にため息を吐《つ》くのと同時、火蓮と黎人は同時に同じ方向を振り向いた。

「火蓮、どうやら現れたみたいだぞ？」

「そうですね。腹ごなしにはちょうどいいタイミングです！」

先程までのピクニックに相応《ふさわ》しい朗らかな雰囲気は消え失《う》せ、二人は獲物を見つけてピリリとヒリついた雰囲気を漂わせた。

「それじゃ、師匠、ちゃんと見ててくださいね！　私が四つ目を倒すところを！」

そう言うと火蓮は赤い刀身の剣を構えて、四つ目の狼の魔物に向けて走り出した。

以前の時とは違い、四つ目の動きに反応できないなんてことはない。

四つ目が飛びかかるようにして振り抜いてきた爪《つめ》を、火蓮は剣を使って弾《はじ》き返《かえ》した。

着地した四つ目が火蓮に向けて唸《うな》る。

火蓮はその様子を見て不敵に笑った。

「もうこの前の私じゃないよ！　まあ、あんたに言っても違う個体なんだろうけどさ」

前回の四つ目の狼の魔物は黎人が倒してしまっている。

しかし、ダンジョンから生まれる魔物のステータスは生まれる場所によって一定だとされている。当然この四つ目も、前回の四つ目の狼の魔物と同じステータスであるはずだ。

自分の成長に自信を持って、火蓮は四つ目に攻撃を仕掛ける。その辺の狼の魔物のように一撃で倒せるわけではない。タイミングがズレれば、先程火蓮がやったように今度は四つ目に攻撃が弾かれる。

一進一退の攻防。

火蓮は四つ目から距離を取り、横目でチラッと黎人を見た。

「見ていてください！　師匠！」

火蓮はこれでとどめを刺すつもりで集中して走り出した。

ギリギリまで四つ目の行動を見極めて最速の攻撃を一振り。

ダンジョンの日差しに照らされて剣が赤い線を描く。

「ガァァアアア！」

四つ目の目を火蓮の剣が横一線に斬り裂いた。

しかし、まだ浅い。

四つ目の狼の魔物は目を潰《つぶ》されただけで致命傷には至っていない。

まだ動いている四つ目は、火蓮の喉元《のどもと》へ噛《か》み付《つ》こうと首を伸ばす。

「火蓮！」

火蓮の耳に、黎人が動こうとする音が聞こえてくる。

「大丈夫！　これで、終わりだぁぁぉあああ！」

火蓮は返す手で、縦一文字に四つ目の脳天に向けて剣を振り下ろす。

イメージするのは黎人の剣。

魔物を真っ二つに斬り裂く最強の剣。

赤い剣筋が通り過ぎた後、狼の魔物の体がズレ始め、火蓮を中心に半分になって通り過ぎる。

「やった……！」

火蓮の体からフッと力が抜けて黎人の方を振り返る。

黎人も振り返った火蓮の笑顔を見て、構えていた剣から力を抜いた。

「師匠！　やりましたよー！」

嬉しそうに手を振る火蓮を祝福しているみたいに、ダンジョンの夕日が火蓮を照らしている。

夕日の光を浴びる火蓮の胸には、黎人からもらった赤いネックレスがいつもより一層濃く輝いていた。

エピローグ

火蓮《かれん》は鞘《さや》から剣を引き抜いてニヤリと口角を上げる。

先程までこの剣のメンテナンスをしていたのだが、鞘にしまった後に、もう一度刀身を見たくなって再び引き抜いてしまった。

部屋のライトの灯《あか》りに照らされて、手入れされた綺麗《きれい》な刀身が炎のように煌《きら》めいた。

この剣は、買った後に火蓮の身の丈に合うようになるまでずっと黎人《れいと》に預かってもらっていたものだ。

《木こりの原っぱ》で、四つ目の狼の魔物と戦う火蓮の姿を見て、黎人がこれからの使用を認めて渡してくれた火蓮の相棒。

火蓮は、成長した自分を認めてもらえた気がして、とても嬉《うれ》しかった。

それに、この剣は武具店《始まりの街》で吸い寄せられるような運命を感じた剣でもある。

四つ目の狼を倒して、この剣を渡されてから一月近く経《た》つが、その気持ちは未《いま》だ冷めやらずに、たまにこうして剣を見てニヨニヨとしてしまう。

「私が師匠の隣に立つ日も近い！……なんちゃって」

火蓮は自身の言葉にツッコミを入れ、咳払《せきばら》いをした後に少し照れながら鞘に剣を戻して自室の机の上に置いた。

「さて。そろそろご飯を作ろうかな」

最後にもう一度、剣を優しく撫《な》でて立ち上がると、火蓮は料理を作るためにキッチンへと向かう。

「うーん。今日は適当でいいかなぁ。師匠もまた旅行に行っちゃったし」

そう言って冷蔵庫からモヤシ、キャベツ、にんじんなどの野菜と肉を取り出して、食べやすい大きさにカットしていく。

火蓮一人だけの広い部屋にトントンとリズムのいい音が響く。

「やっぱり師匠が居ないと少し寂《さび》しいな」

昨日の夜は、今日からまた旅行へ行くということで気合いを入れてご飯を作った。

美味《おい》しいと言ってくれた黎人の顔を思い出して、火蓮は優しく微笑《ほほえ》み、手を止めて、黎人からお祝いにもらったネックレスをそっと撫でる。

少し物思いに耽《ふけ》った後、料理中だったことを思い出して、火蓮は恥ずかしそうに笑った後、もう一度手を洗ってから残りの野菜を切る。

冷蔵庫にあった野菜と肉を適当に炒めただけの野菜炒め。

これでも黎人は美味しいと言って食べてくれるだろうが、黎人に作る時には気合いが入ってしまうため、まだ出したことがない料理だ。

「うん。美味しい」

広いテーブルで、一人で食事をしながら火蓮は黎人の事を考える。

「師匠は今度は三重に行くって言ってたよね。今頃《いまごろ》美味しいもの食べてるのかな？　伊勢海老でしょう？　松阪牛でしょ？　やばい。めっちゃ美味しそうかも！　師匠と旅行に行った事ないし、今度は一緒に連れてってもらおうかな？」

火蓮が言えば、黎人は普通に連れて行ってくれると思う。二人で旅行しているところを想像して、火蓮は楽しそうに笑う。

「そこ、危ないから気をつけろよ」と足場の悪い道で黎人に手を貸してもらったり、観光地で二人で一緒のものを見て笑ったり、宿は、部屋がおんなじなんてことも！

どんどん想像が膨らんでいった火蓮は、その後のことを想像してしまい、顔を真っ赤《まっか》にして妄想を振り払うために勢いよく頭を振った。

「さてと、洗い物しよっ！」

食べ終わった食器を持って火蓮はそそくさと席を立つ。

鼻歌を歌って食器を洗いながら、やはり考えるのは黎人のことだ。

黎人が旅行に出た日は、寂しくなるからか毎回こうして黎人のことばかりを考えてしまう。

それも、三日もすればだんだんと一人の生活に慣れてくるのだけど。

「師匠、次はいつ頃帰って来るのかな？　三重のお土産ってなんだろ？　んー、赤福？　でも、師匠なら何か変化球を持って帰ってきそうだなぁ。でも、今回のお土産はさくらんぼゼリーで当たりだったしなぁ?」

火蓮は洗い物を終えて食器を水切りカゴに並べた。食洗機や食器乾燥機は、一人の時は使わないことにしている。

洗い物が終わったら、手を拭いて、自分の部屋へと向かう。昨日までは、コーヒーを入れてダイニングのソファであったが、黎人が居ない今日からは、リビングダイニングは広すぎて寂しくなるからだ。

「何にしても、トラブルなく楽しんでたらいいな」

火蓮は黎人の旅の無事を願いながら、テーブルの上の剣を流し見して、お風呂《ふろ》にお湯を溜めるために給湯スイッチのある自室の脱衣所へ向かうのであった。

あとがき

まずは、『願ってもない追放後からのスローライフ？』をご購入、そして最後まで読んでいただいてありがとうございます。

本作はいかがだったでしょうか？　面白いと思っていただけたら、お友達にも紹介してもらえると嬉しいです。

次に、私を拾い上げてくださった編集のさわおさん、この方が居なければこの物語のｗｅｂからの進化はありませんでした。

加えて、魅力的なイラストを描いてくださったなたーしゃ先生。黎人《れいと》君と火蓮《かれん》ちゃんは自分の想像を超えるデザインとなっていて、今でもずっと見ていて飽きません。他の弟子達も、是非描いていただきたいですね！

お二人に、最大級の感謝を送りたいと思っています！

さて、少しは物語の話もしましょうね。

今作は一番弟子の火蓮との出会いの物語なわけですが、ｗｅｂ版だと火蓮も成長して大人になってますので、黎人と火蓮の初々しい感じを書くのはとても楽しかったですね！

特に二人の日常のエピソードが増えてますので火蓮ちゃんの可愛《かわい》さに萌《も》えてもらえたら嬉しいです！

そして先程一番弟子と言ったのは、黎人にはこれからも弟子達が増えていきます。

みんな魅力的な弟子達ですので、読者の皆様と会わせられるように、頑張っていきたいです。

文字数的に、この本に登場してもおかしくなかった二番弟子の紫音《しおん》ちゃんは登場できないと知った時、とても悲しそうな顔をした後にいじけていました。

次は登場できると知って、今はニコニコとして鼻歌を歌っているのですが、私がこれを書いている時点では二巻が決まっているわけではなく、嬉しそうにしている紫音ちゃんには少しだけ申し訳なく思っています。

ただ、書いてあげる気はまんまんですので、二巻を送り出せるようになった時のために、紫音ちゃん以外の弟子達の物語も紡いであげられるように、頑張って素振りしておこうと思います！

それでは皆様に次のあとがきで会える事を願って。

シュガースプーン。

**ファンレター、作品の
ご感想をお待ちしています**

〈あて先〉

〒105-0001
東京都港区虎ノ門2-2-1
SBクリエイティブ（株）
GA文庫編集部 気付

「シュガースプーン。先生」係
「なたーしゃ先生」係

**本書に関するご意見・ご感想は
右のQRコードよりお寄せください。**

※アクセスの際や登録時に発生する通信費等はご負担ください。

https://ga.sbcr.jp/

願ってもない追放後からのスローライフ？
～引退したはずが成り行きで美少女ギャルの師匠になったらなぜかめちゃくちゃ懐かれた～

発　行　　2024年8月31日　初版第一刷発行

著　者　　シュガースプーン。
発行者　　出井貴完

発行所　　SBクリエイティブ株式会社
〒105-0001
東京都港区虎ノ門2-2-1

装　丁　　木村デザイン・ラボ

印刷・製本　中央精版印刷株式会社

ISBN978-4-8156-2506-1
Printed in Japan　　GA文庫

試読版は
こちら!

一週間後、あなたを殺します

著：幼田ヒロ　画：あるてら

GA文庫

「一週間後、あなたを殺します」

　そんな言葉と共に、罪を犯した人の下に現れる猫耳姿の死神がいるという。

　コードネーム33。またの名をミミ。彼女は七日間の猶予を与えた後、標的を殺めるという変わった殺し屋であった。麻薬運びの青年、出産予定一週間後の妊婦、父親のために人を殺めた少女、世直しを志して悪人を殺し回る少年など。ミミに殺される運命となった彼らは残された一週間で何を願い、どう生きるのか？

「《汝の旅路に幸あらんことを》《Bon Voyage》」

　これは罪人に最期の時を与える猫耳姿の殺し屋と、彼女に殺される者たちの交流を描いた命と別れの物語。

第17回
GA文庫大賞
GA文庫では10代～20代のライトノベル読者に向けた
魅力溢れるエンターテインメント作品を募集します！
書く、その先へ。
イラスト／はねこと
大賞賞金300万円＋コミカライズ確約！
全入賞作品を刊行までサポート!!
◆募集内容◆
広義のエンターテインメント小説（ファンタジー、ラブコメ、学園など）で、日本語で書かれた未発表のオリジナル作品を募集します。希望者全員に評価シートを送付します。
※入賞作は当社にて刊行いたします。詳しくは募集要項をご確認下さい。
応募の詳細はGA文庫
公式ホームページにて
https://ga.sbcr.jp/